LA

RELIGIEUSE

Me voilà sur le chemin de Paris
avec un jeune Benedictin.

LA
RELIGIEUSE,
PAR DIDEROT.

TOME TROISIÈME.

A PARIS,

Chez { LE PRIEUR, Libraire, rue de Savoie, n°. 12.
BARBA, rue des Arts, n°. 27.

DE L'IMPRIMERIE D'ANDRÉ.

AN CINQUIÈME. (1797, v. st.)

LA
RELIGIEUSE.

Je ne me rappelle, monsieur, que très-imparfaitement tout ce qu'il me dit. A présent que je compare son discours, tel que je viens de vous le rapporter, avec l'impression terrible qu'il me fit, je n'y trouve pas de comparaison, mais cela vient de ce qu'il est brisé, décousu, qu'il y manque beaucoup de choses que je n'ai pas retenues, parce je n'y attachois aucune idée distincte, et que je ne voyois et ne vois encore aucune importance à des choses sur lesquelles il se récrioit avec le plus de violence. Par exemple, qu'est-ce qu'il trouvoit de si étrange dans la scène du clavecin ? N'y a-t-il pas des personnes sur lesquelles la musique fait la plus

violente impression ? On m'a dit à
moi-même que certains airs, certaines
modulations changeoient entièrement
ma physionomie : alors, j'étois tout-
à-fait hors de moi, je ne savois presque pas ce que je devenois ; je ne crois
pas que j'en fusse moins innocente.
Pourquoi n'en eût-il pas été de même
de ma supérieure qui étoit certainement, malgré toutes ses folies et ses
inégalités, une des femmes les plus
sensibles qu'il y eût au monde ? Elle
ne pouvoit entendre un récit un peu
touchant sans fondre en larmes ; quand
je lui racontai mon histoire, je la mis
dans un état à faire pitié. Que ne lui
faisoit - il un crime aussi de sa com-
misération, et la scène de la nuit dont
il attendoit l'issue avec une frayeur
mortelle ?... Certainement cet homme
est trop sévère.

Quoi qu'il en soit, j'exécutai ponc-
tuellement ce qu'il m'avoit prescrit
et dont il avoit sans doute prévu la

suite immédiate. Tout au sortir du confessionnal, j'allai me prosterner au pied des autels ; j'avois la tête troublée d'effroi, j'y demeurai jusqu'à souper. La supérieure, inquiète de ce que j'étois devenue, m'avoit fait appeler, on lui avoit répondu que j'étois en prière. Elle s'étoit montrée plusieurs fois à la porte du chœur, mais j'avois fait semblant de ne la point appercevoir. L'heure du soupé sonna, je me rendis au réfectoire ; je soupai à la hâte, et le souper fini, je revins aussi-tôt à l'église ; je ne parus point à la récréation du soir ; à l'heure de se retirer et de se coucher, je ne remontai point. La supérieure n'ignoroit pas ce que j'étois devenue. La nuit étoit fort avancée, tout étoit en silence dans la maison, lorsqu'elle descendit auprès de moi. L'image sous laquelle le directeur me l'avoit montrée se retraça à mon imagination, le tremblement me prit, je n'osai la regarder , je crus que je la verrois avec un visage hideux et toute enveloppée de flammes , et je disois au-dedans de moi : *Satana, vade retrò ; apage Satana.* Mon Dieu, conservez-moi, éloignez-moi de ce démon.

Elle se mit à genoux, et après avoir prié quelque tems , elle me dit : Sainte-Suzanne, que faites-vous ici ? — Madame , vous le voyez. — Savez-vous l'heure qu'il est ? — Oui , madame. — Pourquoi n'êtes-vous pas rentrée chez vous à l'heure de la retraite ? — C'est que je me disposois à célébrer demain le grand jour. — Votre dessein étoit donc de passer ici la nuit ? — Oui, madame. — Et qui est-ce qui vous l'a permis ? — Le directeur me l'a ordonné. — Le directeur n'a rien à ordonner contre la règle de la maison, et moi je vous ordonne de vous aller coucher. — Madame, c'est la pénitence qu'il m'a imposée. — Vous la remplacerez par d'autres œuvres.

Cela

Cela n'est pas à mon choix. — Allons, me dit-elle, mon enfant, venez. La fraîcheur de l'église pendant la nuit vous incommodera ; vous prierez dans votre cellule.... Après cela, elle voulut me prendre par la main ; mais je m'éloignai avec vitesse. Vous me fuyez ! me dit-elle. — Oui, madame, je vous fuis.... Rassurée par la sainteté du lieu, par la présence de la divinité, par l'innocence de mon cœur, j'osai lever les yeux sur elle ; mais à peine l'eus-je apperçue, que je poussai un grand cri, et que je me mis à courir dans le chœur comme une insensée, en criant : loin de moi, Satan.... Elle ne me suivoit point, elle restoit à sa place, et elle me disoit, en tendant doucement ses deux bras vers moi, et de la voix la plus touchante et la plus douce: Qu'avez-vous ? D'où vient cet effroi ? Arrêtez. Je ne suis point Satan, je suis votre supérieure et votre amie.... —Je m'arrêtai, je retournai encore la

tête vers elle, et je vis que j'avois
été effrayée par une apparence bisarre
que mon imagination avoit réalisée:
c'est qu'elle étoit placée, par rapport à
la lampe de l'église, de manière qu'il
n'y avoit que son visage et que l'extrémité de ses mains qui fussent éclai-
rées, et que le reste étoit dans l'om-
bre, ce qui lui donnoit un aspect
singulier. Un peu revenue à moi, je
me jettai dans une stalle. Elle s'ap-
procha, elle alloit s'asseoir dans la
stalle voisine, lorsque je me levai et
me plaçai dans la stalle au-dessous.
Je voyageai ainsi de stalle en stalle,
et elle aussi jusqu'à la dernière : là,
je m'arrêtai et je la conjurai de laisser
du moins une place vuide entre elle
et moi. Je le veux bien, me dit-elle.
Nous nous assîmes toutes deux, une
stalle nous séparoit. Alors la supérieure prenant la parole, me dit:
Pourroit-on savoir de vous, Sainte-
Suzanne, d'où vient l'effroi que ma

présence vous cause ? — Chère mère, lui dis-je, pardonnez-moi, ce n'est pas moi, c'est le père Lemoine. Il m'a représenté la tendresse que vous avez pour moi, les caresses que vous me faites, et auxquelles je vous avoue que je n'entends aucun mal, sous les couleurs les plus affreuses. Il m'a ordonné de vous fuir, de ne plus entrer chez vous seule, de sortir de ma cellule si vous y veniez; il vous a peinte à mon esprit comme le démon. Que sais-je ce qu'il ne m'a pas dit là-dessus. — Vous lui avez donc parlé ? — Non, chère mère, mais je n'ai pu me dispenser de lui répondre. — Me voilà donc bien horrible à vos yeux ? — Non, chère mère, je ne saurois m'empêcher de vous aimer, de sentir tout le prix de vos bontés, de vous prier de me les continuer, mais j'obéirai à mon directeur. — Vous ne viendrez donc plus me voir ? — Non, chère mère. — Vous ne me recevrez

B 2

plus chez vous ? — Non, chère mère.
— Vous repousserez mes caresses ?
— Il m'en coûtera beaucoup, car je
suis née caressante et j'aime à être
caressée ; mais il le faudra ; je l'ai
promis à mon directeur, et j'en ai
fait le serment au pied des autels. Si
je pouvois vous rendre la manière
dont il s'explique! c'est un homme
pieux, c'est un homme éclairé : quel
intérêt a-t-il à me montrer du péril où
il n'y en a point ? à éloigner le cœur
d'une religieuse du cœur de sa supérieure ? Mais peut-être reconnoît-il
dans des actions très-innocentes de
votre part et de la mienne, un germe
de corruption secrète qu'il croit tout
développé en vous, et qu'il craint que
vous ne développiez en moi. Je ne
vous cacherai pas qu'en revenant sur
les impressions que j'ai ressenties quelquefois..... D'où vient , chère mère,
qu'au sortir d'auprès de vous , en rentrant chez moi, j'étois agitée, rêveuse ?

D'où vient que je ne pouvois ni prier, ni m'occuper? D'où vient une espèce d'ennui que je n'avois jamais éprouvé? Pourquoi, moi qui n'ai jamais dormi le jour, me sentois-je aller au sommeil? Je croyois que c'étoit en vous une maladie contagieuse, dont l'effet commençoit à s'opérer en moi; mais le père Lemoine voit cela bien autrement. — Et comment voit-il cela? — Il y voit toutes les noirceurs du crime, votre perte consommée, la mienne projettée. Que sais-je? — Allez, me dit-elle, votre père Lemoine est un visionnaire; ce n'est pas la première algarade de cette nature qu'il m'ait causée. Il suffit que je m'attache à quelqu'un d'une amitié tendre, pour qu'il s'occupe à lui tourner la cervelle: peu s'en est fallu qu'il n'ait rendu folle cette pauvre Sainte-Thérèse. Cela commence à m'ennuyer, et je me déferai de cet homme-là; aussi bien il demeure à dix lieues d'ici, c'est un

B 3

embarras que de le faire venir, on
ne l'a pas quand on veut : mais nous
parlerons de cela plus à l'aise. Vous
ne voulez donc pas remonter ? — Non,
chère mère ; je vous demande en grace
de me permettre de passer ici la nuit.
Si je manquois à ce devoir, demain je
n'oserois approcher des sacremens avec
le reste de la communauté. Mais vous,
chère mère, communierez-vous ? —
Sans doute. — Mais le père Lemoine
ne vous a donc rien dit ? — Non —
Mais comment cela s'est-il fait ? —
C'est qu'il n'a point été dans le cas de
me parler. On ne va à confesse que pour
s'accuser de ses péchés, et je n'en
vois point à aimer bien tendrement
une enfant aussi aimable que Sainte-
Suzanne. S'il y avoit quelque faute,
ce seroit de rassembler sur elle seule
un sentiment qui devroit se répandre
également sur toutes celles qui com-
posent la communauté, mais cela ne
dépend pas de moi ; je ne saurois m'em-

pêcher de distinguer le mérite où il
est, et de m'y porter d'un goût de préférence. J'en demande pardon à Dieu,
et je ne conçois pas comment votre
père Lemoine voit ma damnation scel-
lée dans une partialité si naturelle,
et dont il est si difficile de se garantir.
Je tâche de faire le bonheur de toutes,
mais il y en a que j'estime et que j'aime
plus que d'autres, parce qu'elles sont
plus aimables et plus estimables. Voilà
avec vous tout mon crime, Sainte-Suzanne, le trouvez-vous bien grand ? —
Non, chère mère. —Allons, chère enfant, faisons encore chacune une petite
prière, et retirons-nous. —Je la sup-
pliai de rechef de permettre que je
passasse la nuit dans l'église ; elle y
consentit à condition que cela n'arriveroit plus, et elle se retira.

Je revins sur ce qu'elle m'avoit
dit ; je demandai à Dieu de m'éclairer, je réfléchis et je conclus, tout
bien considéré, que, quoique des per-

sonnes fussent d'un même sexe, il pouvoit y avoir du moins de l'indécence dans la manière dont elles se témoignoient leur amitié; que le père Lemoine, homme austère, avoit peut-être outré les choses, mais que le conseil d'éviter l'extrême familiarité de ma supérieure par beaucoup de réserve, étoit bon à suivre, et je me le promis.

Le matin, lorsque les religieuses vinrent au chœur, elles me trouvèrent à ma place; elles approchèrent toutes de la sainte table et la supérieure à leur tête, ce qui acheva de me persuader son innocence, sans me détacher du parti que j'avois pris. Et puis il s'en manquoit beaucoup que je sentisse pour elle tout l'attrait qu'elle éprouvoit pour moi. Je ne pouvois m'empêcher de la comparer à ma première supérieure : quelle différence! ce n'étoit ni la même piété, ni la même gravité, ni la même dignité, ni la même

ferveur, ni le même esprit, ni le même
goût de l'ordre.

Il arriva dans l'intervalle de peu de
jours deux grands évènemens ; l'un,
c'est que je gagnai mon procès contre
les religieuses de Longchamp ; elles
furent condamnées à payer à la maison
de Sainte-Eutrope où j'étois, une pension proportionnée à ma dot ; l'autre,
c'est le changement de directeur. Ce
fut la supérieure qui m'apprit elle-
même ce dernier.

Cependant je n'allois plus chez elle
qu'accompagnée, elle ne venoit plus
seule chez moi. Elle me cherchoit
toujours, mais je l'évitois, elle s'en
appercevoit et m'en faisoit des reproches. Je ne sais ce qui se passoit dans
cette ame, mais il falloit que ce fût
quelque chose d'extraordinaire. Elle
se levoit la nuit et se promenoit dans
les corridors, sur-tout dans le mien ;
je l'entendois passer et repasser, s'arrêter à ma porte, se plaindre, soupi-

rer ; je tremblois et je me renfonçois dans mon lit. Le jour, si j'étois à la promenade, dans la salle du travail ou dans la chambre de récréation, de manière que je ne pusse l'appercevoir, elle passoit des heures entières à me considérer ; elle épioit toutes mes démarches ; si je descendois, je la trouvois au bas des degrés, elle m'attendoit au haut quand je remontois. Un jour elle m'arrêta, elle se mit à me regarder sans mot dire, des pleurs coulèrent abondamment de ses yeux ; puis tout-à-coup se jettant à terre et me serrant un genou entre ses deux mains, elle me dit : sœur cruelle, demande-moi ma vie, je te la donnerai ; mais ne m'évite pas ; je ne saurois plus vivre sans toi.... Son état me fit pitié, ses yeux étoient éteints, elle avoit perdu son embonpoint et ses couleurs. C'étoit ma supérieure, elle étoit à mes pieds, la tête appuyée contre mon genou qu'elle tenoit embrassé ; je lui tendis les mains, elle les prit avec ardeur, elle les baisoit, et puis elle me regardoit, et puis elle les baisoit encore et me regardoit encore, je la relevai. Elle chanceloit, elle avoit peine à marcher ; je la reconduisis à sa cellule. Quand sa porte fut ouverte, elle me prit par la main et me tira doucement pour me faire entrer, mais sans me parler et sans me regarder. Non , lui dis-je, chère mère, non, je me le suis promis ; c'est le mieux pour vous et pour moi ; j'occupe trop de place dans votre ame, c'est autant de perdu pour Dieu à qui vous la devez toute entière. — Est-ce à vous à me le reprocher ?.... — Je tâchois en lui parlant, à dégager ma main de la sienne. — Vous ne voulez donc pas entrer ? me dit-elle. — Non , chère mère, non. — Vous ne le voulez pas ; Sainte-Suzanne, vous ne savez pas ce qui peut en arriver, non, vous ne le savez pas : vous me ferez mourir.... — Ces der-

niers mots m'inspirèrent un sentiment
tout contraire à celui qu'elle se proposoit ; je retirai ma main avec vivacité et je m'enfuis. Elle se retourna,
me regarda aller quelques pas, puis
rentrant dans sa cellule dont la porte
demeura ouverte, elle se mit à pousser les plaintes les plus aiguës. Je les
entendis, elles me pénétrèrent ; je fus
un moment incertaine si je continue-
rois de m'éloigner, ou si je retourne-
rois ; cependant, je ne sais par quel
mouvement d'aversion je m'éloignai,
mais ce ne fut pas sans souffrir de l'état
où je la laissois ; je suis naturellement
compatissante. Je me renfermai chez
moi, je m'y trouvai mal à mon aise,
je ne savois à quoi m'occuper ; je fis
quelques tours en long et en large,
distraite et troublée ; je sortis, je ren-
trai ; enfin j'allai frapper à la porte de
Sainte-Thérèse, ma voisine. Elle étoit
en conversation intime avec une autre
jeune religieuse de ses amies ; je lui
dis :

dis : chère sœur, je suis fâchée de vous interrompre, mais je vous prie de m'écouter un moment, j'aurois un mot à vous dire... Elle me suivit chez moi, et je lui dis : je ne sais ce qu'a notre mère supérieure, elle est désolée ; si vous alliez la trouver, peut-être la consoleriez-vous.... Elle ne me répondit pas, elle laissa son amie chez elle, ferma sa porte et courut chez notre supérieure.

Cependant le mal de cette femme empira de jour en jour ; elle devint mélancolique et sérieuse ; la gaieté, qui depuis mon arrivée dans la maison n'avoit point cessé, disparut tout-à-coup ; tout rentra dans l'ordre le plus austère ; les offices se firent avec la dignité convenable ; les étrangers furent presque entièrement exclus du parloir ; défense aux religieuses de fréquenter les unes chez les autres ; les exercices reprirent avec l'exactitude la plus scrupuleuse ; plus d'assemblée chez la supérieure, plus de collation ; les fautes les plus légères furent sévèrement punies ; on s'adressoit encore à moi quelquefois pour obtenir grace, mais je refusois absolument de la demander. La cause de cette révolution ne fut ignorée de personne ; les anciennes n'en étoient pas fâchées ; les jeunes s'en désespéroient, elles me regardoient de mauvais œil ; pour moi, tranquille sur ma conduite, je négligeois leur humeur et leurs reproches.

Cette supérieure, que je ne pouvois ni soulager, ni m'empêcher de plaindre, passa successivement de la mélancolie à la piété, et de la piété au délire. Je ne la suivrai point dans le cours de ces différens progrès, cela me jetteroit dans un détail qui n'auroit point de fin ; je vous dirai seulement que, dans son premier état, tantôt elle me cherchoit, tantôt elle m'évitoit ; nous traitoit quelquefois, les au-

tres et moi, avec sa douceur accoutumée ; quelquefois aussi elle passoit su-
bitement à la rigueur la plus outrée ;
elle nous appelloit, et nous renvoyoit ;
donnoit récréation, et révoquoit ses
ordres un moment après ; faisoit sonner pour descendre au chœur, et lorsque tout étoit en mouvement pour lui
obéir, un second coup de cloche renfermoit la communauté. Il est difficile
d'imaginer le trouble de la vie que
l'on menoit ; la journée se passoit à
sortir de chez soi et à y rentrer, à
prendre son bréviaire et à le quitter, à monter et à descendre, à bais-
ser son voile et à le relever. La nuit
étoit presque aussi interrompue que
le jour.

Quelques religieuses s'adressèrent
à moi, et tâchèrent de me faire entendre qu'avec un peu plus de complaisance et d'égards pour la supérieure
tout reviendroit à l'ordre, elles auroient dû dire au désordre accoutumé ;

C 2

je leur répondois tristement , je vous plains, mais dites-moi clairement ce qu'il faut que je fasse.... Les unes s'en retournoient en baissant la tête et sans me répondre ; d'autres me donnoient des conseils qu'il m'étoit impossible d'arranger avec ceux de notre directeur, je parle de celui qu'on avoit révoqué, car pour son successeur nous ne l'avions pas encore vu.

La supérieure ne sortoit plus de nuit, elle passoit des semaines entières sans se montrer ni à l'office, ni au chœur, ni au réfectoire, ni à la récréation; elle demeuroit renfermée dans sa chambre ; elle erroit dans les corridors, ou elle descendoit à l'église; elle alloit frapper aux portes des religieuses , et elle leur disoit d'une voix plaintive : sœur une telle, priez pour moi ; sœur une telle, priez pour moi.... Le bruit se répandoit qu'elle se disposoit à une confession générale.

Un jour que je descendis la pre-

mière à l'église, je vis un papier atta-
ché au voile de la grille, je m'en
approchai et je lus : « Chères sœurs,
» vous êtes invitées à prier pour une
» religieuse qui s'est égarée de ses
» devoirs, et qui veut retourner à
» Dieu.... » Je fus tentée de l'arracher,
cependant je le laissai. Quelques jours
après ç'en étoit un autre sur lequel
on avoit écrit : « Chères sœurs, vous
» êtes invitées à implorer la miséri-
» corde de Dieu sur une religieuse
» qui a reconnu ses égaremens : ils
» sont grands.... » Un autre jour c'étoit
une autre invitation qui disoit :
« Chères sœurs, vous êtes priées de
» demander à Dieu d'éloigner le dé-
» sespoir d'une religieuse qui a perdu
» toute confiance dans la miséricorde
» divine..... »

Toutes ces invitations où se pei-
gnoient les cruelles vicissitudes de
cette ame en peine, m'attristoient pro-
fondément. Il m'arriva une fois de

demeurer comme un therme vis-à-vis
un de ces placards ; je m'étois demandée à moi-même qu'est-ce que c'é-
toient que ces égaremens qu'elle se
reprochoit , d'où venoient les transes
de cette femme , quels crimes elle
pouvoit avoir à se reprocher ; je re-
venois sur les exclamations du directeur, je me rappellois ses expressions,
j'y cherchois un sens , je n'y en trouvois point , et je demeurois comme
absorbée. Quelques religieuses qui me
regardoient causoient entr'elles , et si
je ne me suis pas trompée, elles me
regardoient comme incessamment me-
, nacée des mêmes terreurs.

Cette pauvre supérieure ne se mon-
troit que son voile baissé ; elle ne se
mêloit plus des affaires de la maison;
elle ne parloit à personne ; elle avoit
de fréquentes conférences avec le nouveau directeur qu'on nous avoit donné;
c'étoit un jeune bénédictin. Je ne sais
s'il lui avoit imposé toutes les morti-

fications qu'elle pratiquoit; elle jeûnoit trois jours de la semaine, elle se ma-céroit, elle entendoit l'office dans les stalles inférieures : il falloit passer de-vant sa porte pour aller à l'église; là, nous la trouvions prosternée, le visage contre terre, et elle ne se relevoit que quand il n'y avoit plus personne. La nuit, elle descendoit en chemise, nuds pieds; si Sainte-Thérèse ou moi nous la rencontrions par hasard, elle se retournoit et se colloit le visage contre le mur. Un jour que je sortois de ma cellule, je la trouvai proster-née, les bras étendus et la face contre terre, et elle me dit : avancez, mar-chez, foulez-moi aux pieds, je ne mé-rite pas un autre traitement.

Pendant des mois entiers que cette maladie dura, le reste de la commu-nauté eut le tems de pâtir et de me prendre en aversion. Je ne reviendrai pas sur les désagrémens d'une reli-gieuse qu'on hait dans sa maison, vous

en devez être instruit à présent. Je
sentis peu-à-peu renaître le dégoût de
mon état. Je portai ce dégoût et mes
peines dans le sein du nouveau directeur, il s'appelle dom Morel ; c'est
un homme d'un caractère ardent, il
touche à la quarantaine. Il parut
m'écouter avec attention et avec intérêt ; il desira de connoître les évènemens de ma vie, il me fit entrer
dans les détails les plus minutieux sur
ma famille, sur mes penchans, mon
caractère, les maisons où j'avois été,
celle où j'étois, sur ce qui s'étoit passé
entre ma supérieure et moi. Je ne lui
cachai rien. Il ne me parut pas mettre
à la conduite de la supérieure avec
moi la même importance que le père
Lemoine, à peine daigna-t-il me
jetter là-dessus quelques mots, il regarda cette affaire comme finie ; la
chose qui le touchoit de plus près,
c'étoient mes dispositions secrètes sur
la vie religieuse. A mesure que je

m'ouvrois, sa confiance faisoit les mêmes progrès; si je me confessois à lui, il se confioit à moi, ce qu'il me disoit de ses peines avoit la plus parfaite conformité avec les miennes; l étoit entré en religion malgré lui, il supportoit son état avec le même dégoût, et il n'étoit guère moins à plaindre que moi. Mais, chère sœur, ajoutoit-il, que faire à cela? Il n'y a plus qu'une ressource, c'est de rendre notre condition moins fâcheuse qu'il sera possible. Et puis il me donnoit les mêmes conseils qu'il suivoit, ils étoient sages; avec cela, ajoutoit-t-il, on n'évite pas les chagrins, on se résout seulement à les supporter. Les personnes religieuses ne sont heureuses qu'autant qu'elles se font un mérite devant Dieu de leurs croix; alors elles s'en réjouissent, elles vont au-devant des mortifications, plus elles sont amères et fréquentes, plus elles s'en félicitent; c'est un échange

qu'elles ont fait de leur bonheur présent contre un bonheur à venir, elles
s'assurent celui-ci par le sacrifice vo-
lontaire de celui-là. Quand elles ont bien
souffert, elles disent à Dieu, *ampliùs,
domine*, seigneur, encore davantage...
et c'est une prière que Dieu ne manque
guère d'exaucer. Mais si ces peines
sont faites pour vous et pour moi
comme pour elles, nous ne pouvons
pas nous en promettre la même récompense, nous n'avons pas la seule
chose qui leur donneroit de la valeur,
la résignation ; cela est triste. Hélas !
comment vous inspirerai-je la vertu
qui vous manque et que je n'ai pas ?
Cependant, sans cela nous nous ex-
posons à être perdus dans l'autre vie
après avoir été bien malheureux dans
celle-ci. Au sein des pénitences nous
nous damnons presqu'aussi sûrement
que les gens du monde au milieu des
plaisirs ; nous nous privons, ils jouis-
sent ; et après, cette vie, les mêmes

supplices nous attendent. Que la condition d'un religieux, d'une religieuse
qui n'est point appellée, est fâcheuse!
C'est la nôtre pourtant, et nous ne
pouvons la changer. On nous a chargés
de chaînes pesantes que nous sommes
condamnés à secouer sans cesse, sans
aucun espoir de les rompre; tâchons,
chère sœur, de les traîner. Allez, je
reviendrai vous voir.

Il revint quelques jours après, je le
vis au parloir, je l'examinai de plus
près. Il acheva de me confier de sa
vie, moi de la mienne, une infinité de
circonstances qui formoient entre lui
et moi autant de points de contact et
de ressemblance; il avoit presque subi
les mêmes persécutions domestiques
et religieuses. Je ne m'appercevois
pas que la peinture de ces dégoûts étoit
peu propre à dissiper les miens, cependant cet effet se produisoit en moi, et
je crois que la peinture de mes dégoûts
produisoit le même effet en lui. C'est

ainsi que la ressemblance des carac-
tères se joignant à celle des évènemens,
plus nous nous revoyions, plus nous
nous plaisions l'un à l'autre ; l'histoire
de ses momens, c'étoit l'histoire des
miens ; l'histoire de ses sentimens,
c'étoit l'histoire des miens; l'histoire
de son ame , c'étoit l'histoire de la
mienne.

Lorsque nous nous étions bien en-
tretenus de nous , nous parlions aussi
des autres et sur-tout de la supérieure.
Sa qualité de directeur le rendoit très-
réservé ; cependant j'apperçus à tra-
vers ses discours que la disposition
actuelle de cette femme ne dureroit
pas, qu'elle luttoit contr'elle-même,
mais en vain, et qu'il arriveroit de
deux choses l'une, ou qu'elle reviendroit incessamment à ses premiers
penchans, ou qu'elle perdroit la tête.
J'avois la plus forte curiosité d'en
savoir davantage ; il auroit bien pu
m'éclairer sur des questions que je
m'étois

m'étois faités, et auxquelles je n'avois
jamais pu me répondre ; mais je n'osois
l'interroger ; je me hasardai seulement
à lui demander s'il connoissoit le père
Lemoine. — Oui, me dit-il, je le connois, c'est un homme de mérite, il en
a beaucoup. — Nous avons cessé de
l'avoir d'un moment à l'autre. — Il
est vrai. — Ne pourriez-vous point
me dire comment cela s'est fait ? —
Je serois fâché que cela transpirât.
— Vous pouvez compter sur ma discrétion. — On a, je crois, écrit contre
lui à l'archevêché. — Et qu'a-t-on pu
dire ? — Qu'il demeuroit trop loin de
la maison ; qu'on ne l'avoit pas quand
on vouloit ; qu'il étoit d'une morale
trop austère ; qu'on avoit quelque raison de le soupçonner des sentimens
des novateurs ; qu'il semoit la division
dans la maison, et qu'il éloignoit l'esprit des religieuses de leur supérieure.
— Et d'où savez-vous cela ? — De
lui-même. — Vous le voyez donc ?

— Oui, je le vois ; il m'a parlé de vous quelquefois. — Qu'est-ce qu'il vous en a dit ? — Que vous étiez bien à plaindre ; qu'il ne concevoit pas comment vous aviez pu résister à toutes les peines que vous aviez souffertes ; que, quoiqu'il n'ait eu l'occasion de vous entretenir qu'une ou deux fois, il ne croyoit pas que vous pussiez jamais vous accommoder de la vie religieuse ; qu'il avoit dans l'esprit.... Là, il s'arrêta tout court, et moi j'ajoutai ; qu'avoit-il dans l'esprit? — Dom Morel me répondit : ceci est une affaire de confiance trop particulière pour qu'il me soit libre d'achever.... — Je n'insistai pas, j'ajoutai seulement : il est vrai que c'est le père Lemoine qui m'a inspiré de l'éloignement pour ma supérieure. — Il a bien fait. — Et pourquoi ? — Ma sœur, me répondit-il en prenant un air grave, tenez-vous-en à ses conseils, et tâchez d'en ignorer la raison tant que vous vivrez. — Mais il me semble que si je connoissois le péril, je serois d'autant plus attentive à l'éviter. — Peut-être aussi seroit-ce le contraire. — Il faut bien que vous ayez mauvaise opinion de moi. — J'ai de vos mœurs et de votre innocence l'opinion que j'en dois avoir; mais croyez qu'il y a des lumières funestes que vous ne pourriez acquérir sans y perdre. C'est votre innocence même qui en a imposé à votre supérieure; plus instruite, elle vous auroit moins respectée. — Je ne vous entends pas. — Tant mieux. — Mais que la familiarité et les caresses d'une femme peuvent-elles avoir de dangereux pour une autre femme? — Point de réponse de la part de dom Morel. — Ne suis-je pas la même que j'étois en entrant ici? — Point de réponse de la part de dom Morel. — N'aurois-je pas continué d'être la même? Où est donc le mal de s'aimer, de se le dire, de se le témoi-

D 2

gner ? cela est si doux ! — Il est vrai,
dit dom Morel en levant les yeux sur
moi, qu'il avoit toujours tenus baissés tandis que je parlois. — Et cela
est-il donc si commun dans les maisons religieuses ? Ma pauvre supérieure ! dans quel état elle est tom-
bée ! — Il est fâcheux, et je crains
bien qu'il n'empire. Elle n'étoit pas
faite pour son état, et voilà ce qui en
arrive tôt ou tard ; quand on s'oppose
au penchant général de la nature, cette
contrainte la détourne à des affections
déréglées qui sont d'autant plus vio-
lentes qu'elles sont mal fondées ; c'est
une espece de folie. — Elle est folle ?
— Oui, elle l'est, et le deviendra davantage. — Et vous croyez que c'est-
là le sort qui attend ceux qui sont en-
gagés dans un état auquel ils n'étoient
point appellés ? Non pas tous, il y en
a qui meurent auparavant ; il y en a
dont le caractère flexible se prête à la
longue ; il y en a que des espérances

vagues soutiennent quelque tems. —
Et quelles espérances pour une religieuse ? — Quelles ? dabord celle de
faire résilier ses vœux. — Et quand on
n'a plus celle-là ? — Celle qu'on trouvera, les portes ouvertes un jour ; que
les hommes reviendront de l'extrava-
gance d'enfermer dans des sépulcres
de jeunes créatures toutes vivantes,
et que les couvens seront abolis ; que
le feu prendra à la maison ; que les
murs de la clôture tomberont ; que
quelqu'un les secourera. Toutes ces
suppositions roulent par la tête, on s'en
entretient ; on regarde en se prome-
nant dans le jardin, sans y penser, si
les murs sont bien hauts ; si l'on est
dans sa cellule, on saisit les barreaux
de sa grille, et on les ébranle doucement, de distraction ; si l'on a la rue
sous ses fenêtres, on y regarde ; si l'on
entend passer quelqu'un, le cœur pal-
pite, on soupire sourdement après un
libérateur ; s'il s'élève quelque tumulte

D 3

dont le bruit pénètre jusques dans la maison, on espère ; on compte sur une maladie qui nous approchera d'un homme, ou qui nous enverra aux eaux. — Il est vrai, il est vrai, m'écriai-je, vous lisez au fond de mon cœur ; je me suis fait, je me fais encore ces illusions. — Et lorsqu'on vient à les perdre en y réfléchissant, car ces vapeurs salutaires, que le cœur envoie vers la raison, sont par intervalles dissipées, alors on voit toute la profondeur de sa misère, on se déteste soi-même, on déteste les autres, on pleure, on gémit, on crie, on sent les approches du désespoir. Alors, les unes courent se jetter aux pieds de leur supérieure, et vont y chercher de la consolation ; d'autres se prosternent ou dans leur cellule, ou au pied des autels, et appellent le ciel à leur secours ; d'autres déchirent leurs vêtemens et s'arrachent les cheveux ; d'autres cherchent un puits profond, des fenêtres bien hautes, un lacet, et le trouvent quelquefois ; d'autres, après s'être tourmentées long-tems, tombent dans une espèce d'abrutissement, et restent imbécilles ; d'autres qui ont des organes foibles et délicats, se consument de langueur ; il y en a en qui l'organisation se dérange, l'imagination se trouble, et qui deviennent furieuses. Les plus heureuses sont celles en qui les mêmes illusions salutaires renaissent, les bercent et les consolent presque jusqu'au tombeau ; leur vie se passe dans les alternatives de l'erreur et du désespoir. — Et les plus malheureuses, ajoutai-je, apparemment en poussant un profond soupir, sont celles qui éprouvent successivement tous ces états.... Ah ! mon père, que je suis fâchée de vous avoir entendu ! — Et pourquoi ? — Je ne me connoissois pas, je me connois, mes illusions dureront moins. Dans les momens....

J'allois continuer, lorsqu'une autre religieuse entra, et puis une autre, et puis une troisième, et puis quatre, cinq, six, je ne sais combien. La conversation devint générale; les unes regardoient le directeur, d'autres l'écoutoient en silence et les yeux baissés; plusieurs l'interrogeoient à-la-fois, toutes se récrioient sur la sagesse de ses réponses; cependant je m'étois retirée dans un angle où je m'abandonnois à une rêverie profonde. Au milieu de ces entretiens, où chacune cherchoit à se faire valoir et à fixer la préférence de l'homme saint par son côté avantageux, on entendit arriver quelqu'un à pas lents, s'arrêter par intervalles et pousser des soupirs; on écouta, l'on dit à voix basse : c'est elle, c'est notre supérieure, ensuite l'on se tut et l'on s'assit en rond. Ce l'étoit en effet, elle entra; son voile lui tomboit jusqu'à la ceinture, ses bras étoient croisés sur sa poitrine et

sa tête penchée. Je fus la première
qu'elle apperçut ; à l'instant elle dé-
gagea de dessous son voile une de ses
mains dont elle se couvrit les yeux ,
et se tournant un peu de côté , de
l'autre main , elle nous fit signe à
toutes de sortir : nous sortîmes en silence , et elle demeura seule avec dom
Morel.

Je prévois , monsieur le marquis ,
que vous allez prendre mauvaise opinion de moi ; mais , puisque je n'ai
point eu honte de ce que j'ai fait ,
pourquoi rougirois-je de l'avouer ? Et
puis comment supprimer dans ce récit
un évènement qui n'a pas laissé que
d'avoir des suites ? Disons donc que
j'ai un tour d'esprit bien singulier ,
lorsque les choses peuvent exciter
votre estime ou accroître votre com-
misération ; j'écris bien ou mal , mais
avec une vîtesse et une facilité incroyable ; mon ame est gaie , l'expression me vient sans peine , mes larmes

coulent avec douceur, il me semble que vous êtes présent, que je vous vois et que vous m'écoutez. Si je suis forcée au contraire de me montrer à vos yeux sous un aspect défavorable, je pense avec difficulté, l'expression se refuse, la plume va mal, le caractère même de mon écriture s'en ressent, et je ne continue que parce que je me flatte secrètement que vous ne lirez pas ces endroits. En voici un :

Lorsque toutes nos sœurs furent retirées.... — Eh bien, que fîtes-vous? — Vous ne devinez pas? Non, vous êtes trop honnête pour cela. Je descendis sur la pointe du pied et je vins me placer doucement à la porte du parloir et écouter ce qui se disoit-là. Cela est fort mal, direz-vous.... Oh! pour cela, oui, cela est fort mal ; je me le dis à moi-même, et mon trouble, les précautions que je pris pour n'être pas apperçue, les fois que je

m'arrêtai, la voix de ma conscience
qui me pressoit à chaque pas de m'en
retourner, ne me permettoient pas
d'en douter ; cependant la curiosité
fut la plus forte, et j'allai. Mais s'il est
mal d'avoir été surprendre les discours
de deux personnes qui se croyoient
seules, n'est-il pas plus mal encore
de vous les rendre ? Voilà encore un
de ces endroits que j'écris, parce que
je me flatte que vous ne me lirez pas,
cependant cela n'est pas vrai, mais il
faut que je me le persuade.

Le premier mot que j'entendis après
un assez long silence me fit frémir,
ce fut : mon père, je suis damnée...Je
me rassurai. J'écoutois, le voile qui
jusqu'alors m'avoit dérobé le péril que
j'avois couru, se déchiroit ; lorsqu'on
m'appella, il fallut aller ; j'allai donc,
mais hélas ! je n'en avois que trop entendu. Quelle femme, monsieur le
marquis, quelle abominable femme !

(Ici les mémoires de la sœur Suzanne sont interrompus ; ce qui suit ne sont plus que les réclames de ce qu'elle se promettoit apparemment d'employer dans le reste de son récit. Il paroît que sa supérieure devint folle, et que c'est à son état malheureux qu'il faut rapporter les fragmens que nous allons lire.)

Après cette confession nous eûmes quelques jours de sérénité. La joie rentre dans la communauté, et l'on m'en fait des complimens que je rejette avec indignation.

Elle ne me fuyoit plus, elle me regardoit, mais ma présence ne paroissoit plus la troubler. Je m'occupois à lui dérober l'horreur qu'elle m'inspiroit depuis que par une heureuse ou fatale curiosité j'avois appris à la mieux connoître.

Bientôt elle devint silencieuse, elle ne dit plus que oui ou non ; elle se promène seule, elle se refuse les alimens, son sang s'allume, la fièvre la prend,

prend, et le délire succède à la fièvre.

Seule dans son lit, elle me voit, elle me parle, elle m'invite à m'approcher; elle m'adresse les propos les plus tendres. Si elle entend marcher autour de sa chambre, elle s'écrie : c'est elle qui passe, c'est son pas, je le connois. Qu'on l'appelle... Non, non, qu'on la laisse.

Une chose singulière, c'est qu'il ne lui arrivoit jamais de se tromper et de prendre une autre pour moi.

Elle rioit aux éclats, le moment d'après elle fondoit en larmes. Nos sœurs l'entouroient en silence, et quelques-unes pleuroient avec elle.

Elle disoient tout-à-coup : je n'ai point été à l'église, je n'ai point prié Dieu... Je veux sortir de ce lit, je veux m'habiller, qu'on m'habille.... Si l'on s'y opposoit, elle ajoutoit : donnez-moi du moins mon bréviaire.. On le lui donnoit, elle l'ouvroit, elle en tournoit les feuillets avec le doigt

La Relig. T. III.   E

et elle continuoit de les tourner, lors même qu'il n'y en avoit plus ; cependant elle avoit les yeux égarés.

Une nuit, elle descendit seule à l'église, quelques-unes de nos sœurs la suivirent ; elle se prosterna sur les marches de l'autel, elle se mit à gémir, à soupirer, à prier tout haut ; elle sortit, elle rentra, elle dit : qu'on l'aille chercher, c'est une ame si pure ! c'est une créature si innocente ! si elle joignoit ses prières aux miennes... Puis s'adressant à toute la communauté et se tournant vers des stalles qui étoient vuides, elle crioit : sortez, sortez toutes, qu'elle reste seule avec moi. Vous n'êtes pas dignes d'en approcher ; si vos voix se mêloient à la sienne, votre encens profane corromproit devant Dieu la douceur du sien. Qu'on s'éloigne, qu'on s'éloigne.... Puis elle m'exhortoit à demander au ciel assistance et pardon. Elle voyoit Dieu ; le ciel lui paroissoit se sillonner d'éclairs, s'entrouvrir et gronder sur sa tête ; des anges en descendoient en courroux ; les regards de la divinité la faisoient trembler ; elle couroit de tous côtés, elle se renfonçoit dans les angles obscurs de l'église, elle demandoit miséricorde , elle se colloit la face contre terre, elle s'y assoupissoit, la fraicheur humide du lieu l'avoit saisie, on la transportoit dans sa cellule comme morte.

Cette terrible scène de la nuit , elle l'ignoroit le lendemain. Elle disoit : où sont nos sœurs ? Je ne vois plus personne , je suis restée seule dans cette maison, elles m'ont toutes abandonnée et Sainte-Thérèse aussi, elles ont bien fait. Puisque Sainte-Suzanne n'y est plus, je puis sortir, je ne la rencontrerai pas.. Ah ! si je la rencontrois ! mais elle n'y est plus, n'est-ce pas ? n'est-ce pas, qu'elle n'y est plus ?....... Heureuse la maison qui la possède ! Elle dira tout à sa

E 2

nouvelle supérieure, que pensera-t-on de moi?... Est-ce que Sainte-Thérèse est morte? J'ai entendu sonner en mort toute la nuit... La pauvre fille! elle est perdue à jamais, et c'est moi! c'est moi!... Un jour je lui serai confrontée, que lui dirai-je? que lui répondrai-je?... Malheur à elle! Malheur à moi!

Dans un autre moment elle disoit: nos sœurs sont-elles revenues? Dites-leur que je suis bien malade... Soulevez mon oreiller... Délacez-moi... Je sens-là quelque chose qui m'oppresse... La tête me brûle, ôrez-moi mes coëffes... Je veux me laver... Apportez-moi de l'eau, versez, versez encore... Elles sont blanches, mais la souillure de l'ame est restée... Je voudrois être morte, je voudrois n'être point née, je ne l'aurois point vue.

Un matin, on la trouva pieds nuds, en chemise, échevelée, hurlant, écumant, et courant autour de sa cellule,

les mains posées sur ses oreilles, les
yeux fermés et le corps pressé contre
la muraille.... Eloignez-vous de ce
goufre ; entendez-vous ces cris ? Ce
sont les enfers ; il s'élève de cet abîme
profond des feux que je vois ; du milieu des feux profonds, j'entends des
voix confuses qui m'appellent... Mon
Dieu, ayez pitié de moi !... Allez
vîte, sonnez, assemblez la communauté ; dites qu'on prie pour moi, je
prierai aussi... Mais à peine fait-il
jour, nos sœurs dorment... Je n'ai pas
fermé l'œil de la nuit, je voudrois
dormir, et je ne saurois.

Une de mes sœurs lui disoit : madame, vous avez quelque peine, con-
fiez-la moi, cela vous soulagera peut-
être. — Sœur Agathe, écoutez, ap-
prochez-vous de moi... plus près, plus
près encore... Il ne faut pas qu'on nous
entende. Je vais tout révéler, tout,
mais gardez-moi le secret... Vous
l'avez vue ? — Qui, madame ? —

E 3

N'est-il pas vrai que personne n'a la
même douceur ? Comme elle mar-
che ! Quelle décence ! Quelle noblesse ! Quelle modestie ! Allez à
elle, dites-lui..... Eh ! non, ne dites
rien, n'allez pas... Vous n'en pourriez
approcher, les anges du ciel la gar-
dent, ils veillent autour d'elle, je les
ai vus, vous les verriez, vous en seriez effrayée comme moi. Restez...
Si vous alliez, que lui diriez-vous ?
Inventez quelque chose dont elle ne
rougisse pas.... — Mais, madame, si
vous consultiez notre directeur. —
Oui, mais oui .. Non, non, je ne sais
ce qu'il me dira, je l'ai tant entendu.
De quoi l'entretiendrai-je ?.... Si je
pouvois perdre la mémoire !... Si je
pouvois rentrer dans le néant, ou renaître !.... N'appellez point le directeur. J'aimerois mieux qu'on me lût
la passion de notre Seigneur Jésus-
Christ. Lisez... Je commence à res-
pirer... Il ne faut qu'une goutte de ce

sang pour me purifier... Voyez, il
s'élance en bouillonnant de son côté..
Inclinez cette plaie sacrée sur ma tête...
Son sang coule sur moi et ne s'y attache pas... Je suis perdue !... Eloi-
gnez ce christ... Rapportez-le moi.....
On le lui rapportoit, elle le serroit
entre ses bras, elle le baisoit par-tout,
et puis elle ajoutoit : ce sont ses yeux,
c'est sa bouche ; quand la reverrai-
je ?... Sœur Agathe, dites-lui que je
l'aime, peignez-lui bien mon état,
dites-lui que je meurs.

Elle fut saignée, on lui donna les
bains, mais son mal sembloit s'accroître par les remèdes. Je n'ose vous dé-
crire toutes les actions indécentes
qu'elle fit, vous répéter tous les discours malhonnêtes qui lui échappè-
rent dans son délire. A tout moment
elle portoit la main à son front, comme
pour en écarter des idées importunes,
des images, que sais-je, quelles images ! elle se renfonçoit, la tête dans

son lit, elle se couvroit le visage de ses draps. C'est le tentateur, disoit-elle, c'est lui ! Quelle forme bisarre il a prise ! Prenez de l'eau-bénite ; jettez de l'eau-bénite sur moi... Cessez, cessez, il n'y est plus.

On ne tarda pas à la séquestrer, mais sa prison ne fut pas si bien gardée, qu'elle ne réussit un jour à s'en échapper. Elle avoit déchiré ses vêtemens, elle parcouroit les corridors toute nue, seulement deux bouts de corde rompue descendoient de ses deux bras, elle crioit : je suis votre supérieure, vous en avez toutes fait le serment, qu'on m'obéisse. Vous m'avez emprisonnée, malheureuses ! voilà donc la récompense de mes bontés ! vous m'offensez, parce que je suis trop bonne, je ne le serai plus.... Au feu !... au meurtre !... au voleur !... à mon secours ! A moi, Sainte-Thérèse... A moi, Sainte-Suzanne... Cependant on l'avoit saisie, et on la reconduisoit dans sa prison, et elle disoit : vous avez raison, vous avez raison, hélas! je suis devenue folle, je le sens.

Quelquefois elle paroissoit obsédée du spectacle de différens supplices ; elle voyoit des femmes la corde au cou, ou les mains liées sur le dos ; elle en voyoit avec des torches à la main : elle se joignoit à celles qui faisoient amende-honorable ; elle se croyoit conduite à la mort, elle disoit au bourreau ; j'ai mérité mon sort, mais tâchez de ne pas me faire souffrir long-tems... Je ne dis rien ici qui ne soit vrai, et tout ce que j'aurois encore à dire de vrai ne me revient pas, ou je rougirois d'en souiller ces papiers.

Après avoir vécu plusieurs mois dans cet état déplorable, elle mourut. Quelle mort, monsieur le marquis ! je l'ai vue, je l'ai vue la terrible image du désespoir et du crime à sa dernière heure ; elle se croyoit entourée d'esprits infernaux, ils attendoient son ame pour s'en saisir, elle disoit d'une voix étouffée : les voilà ! les voilà!.. et leur opposant de droite et de gauche, un christ qu'elle tenoit à la main, elle hurloit, elle crioit : mon Dieu!.. mon Dieu... La sœur Thérèse la suivit de près, et nous eûmes une autre supérieure, âgée et pleine d'humeur et de superstition.

On m'accuse d'avoir ensorcelé sa devancière, elle le croit, et mes chagrins se renouvellent. Le nouveau directeur est également tourmenté par ses supérieurs, et me persuade de me sauver de la maison.

Ma fuite est projettée. Je me rends dans le jardin entre les onze heures et minuit. On me jette des cordes, je les attache autour de moi, elles se cassent, et je tombe ; j'ai les jambes dépouillées, et une violente contusion aux reins. Une seconde, une troisième tentative m'élève au haut du mur ; je descends, quelle est ma surprise !

au lieu d'une chaise de poste dans laquelle j'espérois d'être reçue, je trouve un mauvais carrosse public. Me voilà sur le chemin de Paris avec un jeune bénédictin. Je ne tardai pas à m'appercevoir, au ton indécent qu'il prenoit, et aux libertés qu'il se permettoit, qu'on ne tenoit avec moi aucune des conditions qu'on avoit stipulées ; alors je regrettai ma cellule, et je sentis toute l'horreur de ma situation.

C'est ici que je peindrai ma scène dans le fiacre. Quelle scène ! quel homme ! Je crie, le cocher vient à mon secours. Rixe violente entre le fiacre et le moine.

J'arrive à Paris. La voiture arrête dans une petite rue, à une petite porte étroite qui s'ouvroit dans une allée obscure et mal-propre. La maîtresse du logis vient au-devant de moi et m'installe à l'étage le plus élevé, dans une petite chambre où je trouve à-peu-

près les meubles nécessaires. Je reçois des visites de la femme qui occupoit le premier. Vous êtes jeune,
vous devez vous ennuyer, mademoiselle. Descendez chez moi, vous y
trouverez bonne compagnie en hommes et en femmes , pas toutes aussi
aimables , mais presque aussi jeunes
que vous. On cause, on joue, on chan-
te , on danse , nous réunissons toutes
sortes d'amusemens. Si vous tournez
la tête à tous nos cavaliers , je vous
jure que nos dames n'en seront ni ja-
louses, ni fâchées. Venez, mademoiselle... Celle qui me parloit ainsi étoit
d'un certain âge, elle avoit le regard
tendre, la voix douce et le propos
très-insinuant.

Je passe une quinzaine dans cette
maison, exposée à toutes les instances
de mon perfide ravisseur, et à toutes
les scènes tumultueuses d'un lieu sus-
pect, épiant à chaque instant l'occasion de m'échapper.

Un jour enfin je la trouvai ; la nuit étoit avancée ; si j'eusse été voisine de mon couvent, j'y retournois. Je cours sans savoir où je vais. Je suis arrêtée par des hommes ; la frayeur me saisit. Je tombe évanouie de fatigue sur le seuil de la boutique d'un chandelier, on me secoure ; en revenant à moi, je me trouve étendue sur un grabat, environnée de plusieurs personnes. On me demanda qui j'étois, je ne sais ce que je répondis. On me donna la servante de la maison pour me conduire ; je prends son bras, nous marchons. Nous avions déjà fait beaucoup de chemin, lorsque cette fille me dit : mademoiselle, vous savez apparemment où nous allons ? — Non, mon enfant, à l'hôpital, je crois. — A l'hôpital ! est-ce que vous seriez hors de maison ? — Hélas ! oui. — Qu'avez-vous donc fait pour avoir été chassée à l'heure qu'il est ? Mais nous voilà à la porte de Sainte-Catherine, voyons si nous pourrions nous faire ouvrir ; en tout cas, ne craignez rien, vous ne resterez pas dans la rue, vous coucherez avec moi.

Je reviens chez le chandelier. Effroi de la servante, lorsqu'elle voit mes jambes dépouillées de leur peau, par la chûte que j'avois faite en sortant du couvent. J'y passe la nuit. Le lendemain au soir, je retourne à Sainte-Catherine ; j'y demeure trois jours, au bout desquels on m'annonce qu'il faut, ou me rendre à l'hôpital-général, ou prendre la première condition qui s'offrira.

Danger que je courus à Sainte-Catherine de la part des hommes et des femmes, car c'est-là, à ce qu'on m'a dit depuis, que les libertins et les matrones de la ville vont se pourvoir. L'attente de la misère ne donna aucune force aux séductions grossières auxquelles j'y fus exposée. Je vends mes hardes, et j'en choisis de plus conformes à mon état.

J'entre au service d'une blanchis-
seuse chez laquelle je suis actuellement. Je reçois le linge et je le re-
passe ; ma journée est pénible , je suis
mal nourrie , mal logée , mal couchée,
mais, en revanche, traitée avec humanité. Le mari est cocher de place ;
sa femme est un peu brusque, mais
bonne du reste. Je serois assez con-
tente de mon sort, si je pouvois espérer d'en jouir paisiblement.

J'ai apppris que la police s'étoit saisie de mon ravisseur , et l'avoit remis
entre les mains de ses supérieurs. Le
pauvre homme ! il est plus à plaindre que moi ; son attentat a fait bruit,
et vous ne savez pas la cruauté avec
laquelle les religieux punissent les
fautes d'éclat ; un cachot sera sa demeure pour le reste de sa vie , et c'est
aussi le sort qui m'attend si je suis re-
prise , mais il y vivra plus long-tems
que moi.

La douleur de ma chûte se fait sentir, mes jambes sont enflées, et je ne saurois faire un pas; je travaille assise, car je ne saurois me tenir debout. Cependant j'appréhende le moment de ma guérison; alors quel prétexte aurai-je pour ne point sortir, et à quel péril ne m'exposerai-je pas en me montrant ? Mais heureusement j'ai encore du tems devant moi. Mes parens qui ne peuvent douter que je ne sois à Paris, font sûrement toutes les perquisitions imaginables. J'avois résolu d'appeller M. Manouri dans mon grenier, de prendre et de suivre ses conseils, mais il n'étoit plus.

Il paroît que mon évasion est publique, je m'y attendois. Une de mes camarades m'en parloit hier, y ajoutant des circonstances odieuses et les réflexions les plus propres à désoler. Par bonheur elle étendoit sur des cordes le linge mouillé, le dos tourné à la lampe, et mon trouble n'en pouvoit être apperçu; cependant ma maîtresse ayant remarqué que je pleurois , m'a dit : Marie , qu'avez-vous ? Rien, lui ai - je répondu. Quoi donc, a - t - elle ajouté , est-ce que vous seriez assez bête pour vous appitoyer sur une mauvaise religieuse sans mœurs , sans religion, et qui s'amourache d'un vilain moine avec lequel elle se sauve de son couvent ? Il faudroit que vous eussiez bien de la compassion de reste. Elle n'avoit qu'à boire , manger, prier Dieu et dormir, elle étoit bien où elle étoit ; que ne s'y tenoit-elle ? Si elle avoit été envoyée seulement trois ou quatre fois à la rivière par le tems qu'il fait, cela l'auroit raccommodée avec son état.... A cela j'ai répondu qu'on ne connoissoit bien que ses peines ; j'aurois mieux fait de me taire , car elle n'auroit pas ajouté : allez , c'est une coquine que Dieu punira . . . A ce propos , je me suis penchée sur ma table, et j'y suis restée jusqu'à ce que ma maîtresse m'ait dit : mais , Marie , à quoi rêvez-vous donc ? tandis que vous dormez là , l'ouvrage n'avance pas.

Je vis dans des alarmes continuelles, au moindre bruit que j'entends dans la maison , sur l'escalier, dans la rue, la frayeur me saisit , je tremble comme la feuille, mes genoux me refusent le soutien , et l'ouvrage me tombe des mains. Je passe presque toutes les nuits sans fermer l'œil ; si je dors, c'est d'un sommeil interrompu ; je parle, j'appelle, je crie : je ne conçois pas comment ceux qui m'entourent ne m'ont pas encore devinée.

Je n'ai jamais eu l'esprit du cloître, et il y paroît assez à ma démarche; mais je me suis accoutumée en religion à certaines pratiques que je répéte machinalement ; par exemple, une cloche vient-elle à sonner ? ou je fais le signe de la croix, ou je m'agenouille; frappe-t-on à la porte ? je dis *ave*; m'interroge-t-on ? c'est toujours une réponse qui finit par oui ou non, chère mère, ou ma sœur ; s'il survient un étranger, mes bras vont se croiser sur ma poitrine, et au lieu de faire la révérence, je m'incline. Mes compagnes se mettent à rire, et croient que je m'amuse à contrefaire la religieuse ; mais il est impossible que leur erreur dure, mes étourderies me décéleront, et je serois perdue.

Monsieur, hâtez-vous de me secourir. Vous me direz, sans doute : enseignez-moi ce que je puis faire pour vous ; le voici, mon ambition n'est pas grande. Il me faudroit une place de femme-de-chambre ou de femme-de-charge, ou même de simple domestique, pourvu que je vécusse ignorée dans une campagne, au fond d'une province, chez d'honnêtes gens qui ne reçussent pas un grand monde ; les gages n'y feront rien ; de la sécurité, du repos, du pain et de l'eau. Soyez très-assuré qu'on sera satisfait de mon service. J'ai appris dans la maison de mon père à travailler ; et au couvent, à obéir ; je suis jeune, j'ai le caractère très-doux ; quand mes jambes seront guéries, j'aurai plus de force qu'il n'en faut pour suffire à l'occupation. Je sais coudre, filer, broder et blanchir ; quand j'étois dans le monde , je raccommodois moi-même mes dentelles, et j'y serois bientôt remise ; je ne suis maladroite à rien , et je saurai m'abaisser à tout. J'ai de la voix , je sais la musique et je touche assez bien du clavecin pour amuser quelque mère qui en auroit le goût , et j'en pourrois même donner leçon à ses enfans ; mais je craindrois d'être trahie par ces marques d'une éducation recherchée. S'il falloit apprendre à coiffer , j'ai du goût, je prendrois un maître, et je ne tarderois pas à me procurer ce petit talent. Monsieur, une condition supportable, s'il se peut, ou une condition telle qu'elle , c'est tout ce qu'il,

me faut , et je ne souhaite rien au-
delà. Vous pouvez répondre de mes
mœurs, malgré les apparences ; j'en
ai, j'ai même de la piété. Ah ! monsieur, tous mes maux seroient finis,
et je n'aurois plus rien à craindre des
hommes, si Dieu ne m'avoit arrêtée ;
ce puits profond, situé au bout du jardin de la maison, combien je l'ai vi-
sité de fois ! Si je ne m'y suis pas pré-
cipitée, c'est qu'on m'en laissoit l'entière liberté. J'ignore quel est le des-
tin qui m'est réservé ; mais s'il faut
que je rentre un jour dans un couvent, quel qu'il soit, je ne réponds de
rien, il y a des puits par-tout. Monsieur, ayez pitié de moi , et ne vous
préparez pas à vous-même de longs
regrets.

P. S. Je suis accablée de fatigues, la ter-
reur m'environne et le repos me fuit. Ces
mémoires, que j'écrivois à la hâte, je viens
de les relire à tête reposée, et je me suis
apperçue que sans en avoir le moindre pro-

jet, je m'étois montrée à chaque ligne aussi
malheureuse à la vérité, que je l'étois, mais
beaucoup plus aimable que je ne le suis. Seroit-ce que nous croyons les hommes moins
sensibles à la peinture de nos peines qu'à
l'image de nos charmes, et nous promettrions-
nous encore plus de facilité à les séduire
qu'à les toucher? Je les connois trop peu, et
je ne suis pas assez étudiée pour savoir cela.
Cependant si le marquis, à qui l'on accorde
le tact le plus délicat, venoit à se persuader
que ce n'est pas à sa bienfaisance, mais à son
vice que je m'adresse, que penseroit-il de
moi! Cette réflexion m'inquiète. En vérité,
il auroit bien tort de m'imputer personnelle-
ment un instinct propre à tout mon sexe. Je
suis une femme, peut-être un peu coquette,
que sais-je! Mais c'est naturellement et sans
artifice.

EXTRAIT

DE LA

CORRESPONDANCE LITTÉRAIRE

DE M.***

(ANNÉE 1770.)

LA religieuse de M. de la Harpe a
réveillé ma conscience endormie depuis dix ans, en me rappellant un
horrible complot dont j'ai été l'ame,
de concert avec M. Diderot et deux
ou trois autres *bandits* de cette trempe
de nos amis intimes. Ce n'est pas trop
tôt de s'en confesser, et de tâcher en
ce saint tems de carême d'en obtenir
la rémission avec mes autres péchés,
et de noyer le tout dans le puits perdu
des miséricordes divines.

L'année 1760 est marquée dans les fastes des badauds en Parisis, par la réputation soudaine et éclatante de Ramponeau et par la comédie des Philosophes, jouée en vertu d'ordres supérieurs sur le théâtre de la Comédie Françoise. Il ne reste aujourd'hui de toute cette entreprise qu'un souvenir plein de mépris pour l'auteur de cette belle rapsodie, appellé Palissot, qu'aucun de ses protecteurs ne s'est soucié de partager ; les plus grands personnages, en favorisant en secret son entreprise, se croyoient obligés de s'en défendre en public comme d'une tache de déshonneur. Tandis que ce scandale occupoit tout Paris, M. Diderot, que ce polisson d'Aristophane françois avoit choisi pour son Socrate, fut le seul qui ne s'en occupoit pas. Mais quelle étoit notre occupation! Plût à Dieu qu'elle eût été innocente! L'amitié la plus tendre nous attachoit depuis long tems à M. le marquis de

Croismare,

Croismare, ancien officier du régiment
du roi, retiré du service, et un des
plus aimables hommes de ce pays-ci.
Il est à-peu-près de l'âge de M. de
Voltaire, et il conserve, comme cet
homme immortel, la jeunesse de l'esprit avec une grace, une légèreté et des
agrémens dont le piquant ne s'est jamais émoussé pour moi. On peut dire
qu'il est un de ces hommes aimables
dont la tournure et le moule ne se
trouvent qu'en France, quoique l'ama-
bilité ainsi que la maussaderie, soit
de tous les pays de la terre. Il ne
s'agit pas ici des qualités du cœur, de
l'élévation des sentimens, de la pro-
bité la plus stricte et la plus délicate
qui rendent M. de Croismare aussi
respectable pour ses amis qu'il leur
est cher, il n'est question que de son
esprit. Une imagination vive et riante,
un tour de tête original, des opinions
qui ne sont arrêtées qu'à un certain
point, et qu'il adopte ou qu'il proscrit

alternativement, de la verve toujours
modérée par la grace, une activité
d'ame incroyable, qui, combinée avec
une vie oisive et avec la multiplicité des
ressources de Paris, le porte aux occupations les plus diverses et les plus
disparates, lui fait créer des besoins
que personne n'a jamais imaginés avant
lui, et des moyens tout aussi étranges
pour les satisfaire, et par conséquent
une infinité de jouissances qui se suc-
cèdent les unes aux autres ; voilà une
partie des élémens qui constituent
l'être de M. de Croismare, appellé
par ses amis le charmant marquis par
excellence, comme l'abbé Galiani
étoit pour eux le charmant abbé.
M. Diderot, comparant sa bonhom-
mie au tour piquant du marquis de
Croismare, lui dit quelquefois : *votre*
plaisanterie est comme la flamme de
l'esprit-de-vin, douce et légère, qui
se promène par-tout sur ma toison,
mais sans jamais la brûler.

Ce charmant marquis nous avoit
quittés au commencement de l'année
1759, pour aller dans ses terres en
Normandie, près de Caen. Il nous
avoit promis de ne s'y arrêter que le
tems nécessaire pour mettre ses affaires en ordre, mais son séjour s'y
prolongea insensiblement; il y avoit
réuni ses enfans; il aimoit beaucoup
son curé; il s'étoit livré à la passion
du jardinage; et comme il falloit à
une imagination aussi vive que la
sienne, des objets d'attachement réels
ou imaginaires, il s'étoit tout-à-coup
jetté dans la plus grande dévotion.
Malgré cela, il nous aimoit toujours
tendrement, mais vraisemblablement
nous ne l'aurions jamais revu à Paris,
s'il n'avoit pas successivement perdu
ses deux fils. Cet évènement nous l'a
rendu depuis environ quatre ans, après
une absence de plus de huit années;
sa dévotion s'est évaporée comme tout

G 2

s'évapore à Paris, et il est aujourd'hui plus aimable que jamais.

Comme sa perte nous étoit infiniment sensible, nous délibérâmes en 1760, après l'avoir supportée pendant près de quinze mois, sur les moyens de l'engager à revenir à Paris. Nous nous rappellâmes que quelque tems avant son départ, on avoit parlé dans le monde, avec beaucoup d'intérêt, d'une jeune religieuse qui réclamoit juridiquement contre ses vœux, auxquels elle avoit été forcée par ses parens. Cette pauvre recluse intéressa tellement notre marquis, que, sans l'avoir vue, sans savoir son nom, sans même s'assurer de la vérité des faits, il alla solliciter en sa faveur tous les conseillers de grand'chambre du parlement de Paris. Malgré cette intercession généreuse, la religieuse, je ne sais par quel malheur, perdit son procès, et ses vœux furent jugés valables. En nous rappellant toute cette aventure, nous résolûmes de la faire revivre à notre profit. Nous supposâmes que la religieuse en question avoit eu le bonheur de se sauver de son couvent, et en conséquence nous la fîmes écrire à M. de Croismare pour lui demander secours et protection. Nous ne désespérions pas de le voir arriver en toute diligence pour voler au secours de sa religieuse, ou bien s'il devinoit notre scélératesse au premier coup-d'œil, nous nous préparions matière à rire. Cette insigne fourberie prit toute une autre tournure, comme vous allez voir par la correspondance que je vais mettre sous vos yeux, entre la prétendue religieuse et le loyal et charmant marquis de Croismare, qui ne se douta pas un instant de notre perfidie ; c'est cette perfidie que nous avons toujours sur notre conscience. Nous employions alors nos soupers à composer, au milieu des éclats de rire, les lettres de la religieuse qui

G 3

devoient faire pleurer notre bon marquis, et nous y lisions avec ces mêmes
éclats de rire, les réponses honnêtes
que ce digne et généreux ami lui faisoit. Cependant, dès que nous nous
apperçûmes que le sort de notre infortunée commençoit à trop intéresser
son tendre bienfaiteur, nous prîmes
le parti de la faire mourir, comme
vous pourrez remarquer, préférant de
lui faire ce chagrin, au danger certain
de lui échauffer l'imagination en la lais-
sant vivre plus long-tems. Depuis son
retour à Paris, nous lui avons avoué
tout ce complot d'iniquité; il en a ri,
comme vous pouvez penser, et le
malheur de la pauvre religieuse n'a
fait que resserrer les liens d'amitié
entre ceux qui lui ont survécu. Une
circonstance qui n'est pas moins singulière, c'est que tandis que cette
plaisanterie échauffoit l'imagination
de notre ami en Normandie, celle de

M. Diderot s'échauffoit de son côté.
Il se mit à écrire en détail toute l'histoire de notre religieuse; s'il l'avoit
achevée, il en auroit fait le roman le
plus vrai, le plus intéressant et le
plus pathétique qui eût jamais existé.
On n'en pouvoit pas lire une page sans
fondre en larmes, et cependant il n'y
avoit point d'amour, autant que je
puis m'en souvenir. C'étoit un ouvrage de génie qui se ressentoit de la
chaleur d'imagination de son auteur;
c'étoit aussi un ouvrage d'une utilité
publique et générale, car c'étoit la
plus cruelle satyre qu'on eût jamais
faite des cloîtres; elle étoit d'autant
plus dangereuse qu'elle n'en renfermoit
que des éloges; notre jeune religieuse
étoit d'une dévotion angélique et con-
servoit dans son cœur simple et tendre, le respect le plus sincère pour
tout ce qu'on lui avoit appris à res-
pecter. Mais ce roman n'a jamais

existé que par lambeaux et en est resté
là ; il est perdu, ainsi qu'une infinité
d'autres ouvrages d'un des plus beaux
génies de la France, qui se seroit im-
mortalisé par vingt chefs - d'œuvre,
s'il avoit su être avare de son tems,
et ne l'abandonner pas à tous les in-
discrets de Paris, que je cite tous
au jugement dernier, en les ren-
dant responsables devant Dieu et
devant les hommes, du tort dont ils
sont les auteurs.

La correspondance que vous allez
lire et notre repentir, sont donc tout
ce qui nous reste de notre pauvre religieuse. Vous voudrez bien vous souvenir que toutes ses lettres, ainsi que
celles de sa receleuse, ont été fabri-
quées par nous autres enfans de Bé-
lial, et que toutes les lettres de son
généreux protecteur sont véritables et
ont été écrites de bonne-foi.

*Billet de la religieuse à M. le comte
de Croismare, gouverneur de l'école-
royale-militaire.*

Une femme malheureuse , à laquelle monsieur le marquis de Croismare s'est intéressé il y a trois ans ,
lorsqu'il demeuroit à côté de l'acadé-
mie de musique , apprend qu'il demeure à présent à l'école - militaire.
Elle envoie savoir si elle pourroit encore compter sur ses bontés , mainte-
nant qu'elle est plus à plaindre que
jamais.

Un mot de réponse , s'il lui plaît ;
sa situation est pressante , et il est
de conséquence que la personne qui
remettra ce billet , n'en soupçonne
rien.

A répondu :

Qu'on se trompoit, et que M. de

Croismare en question , étoit actuelle-
lement à Caen.

———————

Ce billet étoit écrit de la main d'une jeune
personne dont nous nous servîmes pendant
tout le cours de cette correspondance. Un
savoyard le porta à l'Ecole-militaire , et nous
apporta la réponse verbale. Cette démarche
préliminaire fut jugée nécessaire par plusieurs
bonnes raisons. La religieuse avoit l'air de
confondre les deux cousins ensemble , et
d'ignorer la véritable orthographe de leur
nom ; elle apprenoit par ce moyen , bien
naturellement , que son protecteur étoit à
Caen. Il se pouvoit que le gouverneur de
l'Ecole-militaire , plaisantât son cousin , à
l'occasion de ce billet et le lui envoyât, ce
qui donnoit un grand air de vérité à notre
vertueuse aventurière. Ce gouverneur , très-
aimable , ainsi que tout ce qui porte son
nom , étoit aussi ennuyé de l'absence de son
cousin que nous , et nous espérions le ranger
au nombre de nos complices. Après sa réponse , la religieuse écrivit à Caen.

*Lettre de la Religieuse, à M. le Mar-
quis de Croismare, à Caen.*

Monsieur, je ne sais à qui j'écris, mais
dans la détresse où je me trouve, qui
que vous soyez, c'est à vous que je
m'adresse. Si l'on ne m'a point trompée à l'Ecole-militaire, et que vous
soyez le marquis généreux que je
cherche, je bénirai Dieu; si vous ne
l'êtes pas, je ne sais ce que je ferai.
Mais je me rassure sur le nom que vous
portez; j'espère que vous secourerez
une infortunée que vous, monsieur,
ou un autre monsieur de Croismare,
qui n'est pas celui de l'Ecole-militaire,
avez appuyée de votre sollicitation,
dans une tentative qu'elle fit, il y a
trois ans, pour se tirer d'une prison
perpétuelle, à laquelle la dureté de ses
parens l'avoit condamnée. Le désespoir vient de me porter à une seconde

démarche dont vous aurez sans doute entendu parler ; je me suis sauvée de mon couvent. Je ne pouvois plus supporter mes peines , et il n'y avoit que cette voie ou un plus grand forfait encore , pour me procurer une liberté que j'avois espérée de l'équité des loix.

Monsieur , si vous avez été autrefois mon protecteur , que ma situation présente vous touche , et qu'elle réveille dans votre cœur quelque sentiment de pitié ! Peut-être trouverez-vous de l'indiscrétion à avoir recours à un inconnu , dans une circonstance pareille à la mienne. Hélas ! monsieur, si vous saviez l'abandon où je suis réduite, si vous aviez quelque idée de l'inhumanité dont on punit les fautes d'éclat dans les maisons religieuses, vous m'excuseriez ; mais vous avez l'ame sensible , et vous craindrez de vous rappeler un jour une créature innocente jettée pour le reste de sa vie

vie dans le fond d'un cachot. Secourez-moi, monsieur, secourez-moi. Voici l'espèce de service que j'ose attendre de vous, et qu'il vous est plus facile de me rendre en province qu'à Paris. Ce seroit de me trouver, ou par vous-même, ou par vos connoissances, à Caen, ou ailleurs, une place de femme-de-chambre ou de femme de charge, ou même de simple domestique. Pourvu que je sois ignorée, chez d'honnêtes gens et qui vivent retirés, les gages n'y feront rien. Que j'aie du pain et de l'eau, et que je sois à l'abri des recherches ; soyez sûr qu'on sera content de mon service. J'ai appris à travailler dans la maison de mon père, et à obéir, en religion. Je suis jeune, j'ai le caractère doux et je suis d'une bonne santé. Lorsque mes forces seront revenues, j'en aurai assez pour suffire à toutes sortes d'occupations domestiques. Je sais broder, coudre et blanchir : quand j'étois dans le

H

monde ; je raccommodois mes dentelles, et j'y serai bientôt remise. Je ne suis pas mal-adroite, je saurai me faire à tout. S'il falloit apprendre à coëffer, je ne manque pas de goût, et je ne tarderois pas à le savoir. Une condition supportable, s'il se peut, ou une condition telle quelle, c'est tout ce que je demande. Vous pouvez répondre de mes mœurs : malgré les apparences, monsieur, j'ai de la piété. Il y avoit au fond du jardin de la maison que j'ai quittée, un puits que j'ai souvent regardé ; tous mes maux seroient finis, si Dieu ne m'avoit retenue. Monsieur, que je ne retourne pas dans cette maison funeste ! Rendez-moi le service que je vous demande ; c'est une bonne œuvre dont vous vous souviendrez avec satisfaction tant que vous vivrez, et que Dieu récompensera dans ce monde ou dans l'autre. Sur-tout, monsieur, songez que je vis dans une alarme perpétuelle, et

que je vais compter les momens. Mes
parens ne peuvent douter que je ne
sois à Paris, ils font sûrement toutes
sortes de perquisitions pour me dé-
couvrir; ne leur laissez pas le tems
de me trouver. J'ai emporté avec moi
toutes nos nippes. Je subsiste de mon
travail et des secours d'une digne femme que j'avois pour amie et à laquelle
vous pouvez adresser votre réponse
Elle s'appelle madame Madin. Elle
demeure à Versailles. Cette bonne
amie me fournira tout ce qu'il me faudra pour mon voyage, et quand je
serai placée, je n'aurai plus besoin de
rien, et ne lui serai plus à charge.
Monsieur, ma conduite justifiera la
protection que vous m'aurez accor-
dée; quelle que soit la réponse que
vous me ferez, je ne me plaindrai que
de mon sort.

Voici l'adresse de madame Madin :
A madame Madin, au pavillon de
Bourgogne, rue d'Anjou, à Versailles.

H 2

Vous aurez la bonté de mettre deux
enveloppes avec son adresse sur la première , et une croix sur la seconde.
Mon Dieu , que je desire d'avoir
votre réponse ! Je suis dans des transes continuelles. Votre très-humble et
très-obéissante servante ,

Signé , SUZANNE DE LA MARRE.

Nous avions besoin d'une adresse pour recevoir les réponses , et nous choisîmes une
certaine dame Madin , femme d'un ancien
officier d'infanterie , qui vivoit réellement à
Versailles. Elle ne savoit rien de notre co-
quinerie , ni des lettres que nous lui fîmes
écrire à elle-même par la suite , et pour lesquelles nous nous servîmes de l'écriture d'une
autre jeune personne. Madame Madin savoit
seulement qu'il falloit recevoir et me remettre
toutes les lettres timbrées *Caen*. Le hasard
voulut que M. de Croismare , après son retour à Paris , et environ huit ans après notre
péché , trouvât madame Madin , un matin ,

chez une femme de nos amies qui avoit été
du complot. Ce fut un vrai coup de théâtre;
M. de Croismare se proposoit de prendre
mille informations sur une infortunée qui l'a-
voit tant intéressée, et dont madame Madin
ne savoit pas le premier mot. Ce fut aussi le
moment de notre confession générale et de
notre pardon.

Réponse de monsieur le marquis de Croismare.

Mademoiselle, votre lettre est par-
venue à la personne même que vous
réclamiez. Vous ne vous êtes point
trompée sur ses sentimens; vous pouvez partir aussi-tôt pour Caen, pour
être femme-de-chambre d'une jeune
demoiselle.

Que la dame votre amie me mande
qu'elle m'envoie une femme-de-chambre telle que je puis la desirer, avec
tel éloge qu'il lui plaira de vos qualités, sans entrer dans aucun autre

H 3

détail d'état. Qu'elle me marque aussi le nom que vous aurez choisi, la voiture que vous aurez prise, et le jour, s'il se peut, que vous arriverez. Si vous preniez la voiture du carrosse de Caen, il part le lundi du grand matin de Paris, pour arriver ici le vendredi; il loge à Paris, rue Saint-Denis, au Grand-Cerf. S'il ne se trouvoit personne pour vous recevoir à votre arrivée à Caen, vous vous adresseriez de ma part, en attendant, chez M. Gassion, vis-à-vis la Place-Royale. Comme l'incognito est d'une extrême nécessité de part et d'autre, que la dame votre amie me renvoie cette lettre, à laquelle, quoique non signée, vous pouvez ajouter foi entière. Gardez-en seulement le cachet, qui vous servira à vous faire connoître, à Caen, à la personne à qui vous vous adresserez.

Suivez, mademoiselle, exactement et diligemment ce que cette lettre vous prescrit; et pour agir avec prudence, ne vous chargez ni de papiers, ni de lettres, ou autre chose qui puisse donner occasion de vous reconnoître : il sera facile de les faire venir dans un autre tems. Comptez avec une confiance parfaite sur les bonnes intentions de votre serviteur.

A . . . ., proche Caen, ce mercredi 6 février 1760.

————————

Cette lettre étoit adressée à madame Madin. Il y avoit sur l'autre enveloppe une croix, suivant la convention. Le cachet représentoit un amour tenant d'une main un flambeau, et de l'autre deux cœurs, avec une devise qu'on n'a pu lire, parce que le cachet avoit souffert à l'ouverture de la lettre. Il étoit naturel que la religieuse, qui ne connoissoit pas l'amour, le prît pour son ange gardien.

Réponse de la Religieuse à M. le marquis de Croismare.

Monsieur, j'ai reçu votre lettre. Je crois que j'ai été fort mal, fort mal. Je suis bien foible. Si Dieu me retire à lui, je prierai sans cesse pour votre salut; si j'en reviens, je ferai tout ce que vous m'ordonnerez. Mon cher monsieur! digne homme! je n'oublierai jamais votre bonté.

Ma digne amie doit arriver de Versailles, elle vous dira tout.

Ce saint jour de dimanche, en février.

Je garderai le cachet avec soin, c'est un saint ange que j'y trouve imprimé; c'est vous, c'est mon ange gardien.

M. Diderot n'ayant pu se rendre à l'assemblée des bandits, cette réponse fut envoyée

sans son attache. Il ne la trouva pas de son
gré, il prétendit qu'elle découvriroit notre tra-
hison ; il se trompa , et il eut tort, je crois,
de ne pas trouver cette réponse bonne. Cependant, pour le satisfaire, on coucha sur
les registres du commun conseil de la fourberie la réponse qui suit, et qui ne fut point
envoyée. Au reste, cette maladie nous étoit
indispensable pour différer le départ pour
Caen.

Extrait des registres.

Voici la lettre qui a été envoyée, et voici
celle que sœur Suzanne auroit dû écrire.

Monsieur , je vous remercie de vos
bontés ; il ne faut plus penser à rien ,
tout va finir pour moi. Je serai dans
un moment devant le dieu de la miséricorde ; c'est là que je me souvien-
drai de vous. Ils délibèrent s'ils me
saigneront encore une fois ; ils ordon-
neront tout ce qu'il leur plaira. Adieu,
mon cher monsieur. J'espère que le

séjour où je vais sera plus heureux; un jour nous nous y verrons.

Lettre de madame Madin à M. le marquis de Croismare.

Je suis à côté de son lit, et elle me presse de vous écrire. Elle a été à toute extrémité, et mon état qui m'attache à Versailles, ne m'a point permis de venir plutôt à son secours. Je savois qu'elle étoit fort mal et abandonnée de tout le monde, et je ne pouvois quitter. Vous pensez bien, monsieur, qu'elle avoit beaucoup souffert. Elle avoit fait une chûte qu'elle cachoit. Elle a été attaquée tout d'un coup d'une fièvre ardente qu'on n'a pû abattre qu'à force de saignées. Je la crois hors de danger. Ce qui m'inquiète à présent, est la crainte que sa convalescence ne soit longue, et qu'elle ne puisse partir avant un mois ou six semaines ; elle est déjà si foible, et elle le sera bien davantage. Tâchez donc, monsieur, de gagner du tems, et travaillons de concert à sauver la créature la plus malheureuse et la plus intéressante qu'il y ait au monde. Je ne saurois vous dire tout l'effet de votre billet sur elle ; elle a beaucoup pleuré, elle a écrit l'adresse de monsieur Gassion derrière une Sainte-Suzanne de son diurnal, et puis elle a voulu vous répondre malgré sa foiblesse. Elle sortoit d'une crise ; je ne sais ce qu'elle vous aura dit, car sa pauvre tête n'y étoit guère. Pardon, monsieur, je vous écris ceci à la hâte. Elle me fait pitié, je voudrois ne la point quitter, mais il m'est impossible de rester ici plusieurs jours de suite. Voilà la lettre que vous lui avez écrite. J'en fais partir une autre, telle à-peu-près que vous la demandez. Je n'y parle point des talens agréables ; ils ne sont pas de l'état qu'elle va prendre, et il faut, ce me semble, qu'elle y renonce absolument, si elle veut être ignorée. Du reste, tout ce que je dis d'elle est vrai : non, monsieur, il n'y a point de mère qui ne fût comblée de l'avoir pour enfant. Mon premier soin, comme vous pouvez penser, a été de la mettre à couvert, et c'est une affaire faite. Je ne me résoudrai à la laisser aller que quand sa santé sera tout-à-fait rétablie, mais ce ne peut être avant un mois ou six semaines, comme j'ai eu l'honneur de vous dire ; encore faut-il qu'il ne survienne point d'accident. Elle garde le cachet de votre lettre, il est dans ses heures et sous son chevet. Je n'ai osé lui dire que ce n'étoit pas le vôtre ; je l'avois brisé en ouvrant votre réponse, et je l'avois remplacé par le mien : dans l'état fâcheux où elle étoit, je ne devois pas risquer de lui envoyer votre lettre sans la lire. J'ose vous demander pour elle un mot qui la soutienne

dans

dans ses espérances ; ce sont les seules qu'elle ait, et je ne répondrois pas de sa vie, si elles venoient à lui manquer. Si vous aviez la bonté de me faire à part un petit détail de la maison où elle entrera, je m'en servirois pour la tranquilliser. Ne craignez rien pour vos lettres, elles vous seront toutes renvoyées aussi exactement que la première, et reposez-vous sur l'intérêt que j'ai moi-même à ne rien faire d'inconsidéré. Nous nous conformerons à tout, à moins que vous ne changiez vos dispositions. Adieu, monsieur. La chère infortunée prie Dieu pour vous à tous les instans où sa tête le lui permet.

J'attends, monsieur, votre réponse, toujours au pavillon de Bourgogne, rue d'Anjou, à Versailles.

Ce 16 février 1760.

Lettre ostensible de madame Madin,
telle que M. le marquis de Croismare
l'avoit demandée.

Monsieur, la personne que je vous propose s'appelle Suzanne Saulier. Je l'aime comme si c'étoit mon enfant : cependant vous pouvez prendre à la lettre ce que je vais vous en dire, parce qu'il n'est pas dans mon caractère d'exagérer. Elle est orpheline de père et de mère ; elle est bien née, et son éducation n'a pas été négligée. Elle s'entend à tous les petits ouvrages qu'on apprend quand on est adroite et qu'on aime à s'occuper ; elle parle peu, mais assez bien, elle écrit naturellement. Si la personne à qui vous la destinez vouloit se faire lire, elle lit à merveille. Elle n'est ni grande ni petite. Sa taille est fort bien ; pour sa physionomie, je n'en

ai guère vu de plus intéressante. On
la trouvera peut-être un peu jeune,
car je ne lui crois pas vingt-deux ans
accomplis ; mais si l'expérience de
l'âge lui manque, elle est remplacée
de reste par celle du malheur. Elle a
beaucoup de retenue et un jugement
peu commun. Je réponds de l'innocence
de ses mœurs. Elle est pieuse, mais
point bigote. Elle a l'esprit naïf, une
gaieté douce, jamais d'humeur. J'ai
deux filles : si des circonstances par-
ticulières n'empêchoient pas mademoiselle Saulier de se fixer à Paris,
je ne leur chercherois pas d'autre gouvernante, je n'espère pas rencontrer
aussi bien. Je la connois depuis son
enfance, et je ne l'ai point perdue de
vue. Elle partira d'ici bien nippée. Je
me chargerai des petits frais de son
voyage, et même de ceux de son retour, s'il arrive qu'on me la renvoie :
c'est la moindre chose que je puisse
faire pour elle. Elle n'est jamais sortie

I 2

de Paris, elle ne sait où elle va, elle se croit perdue, j'ai toute la peine du monde à la rassurer. Un mot de vous, monsieur, sur la personne à laquelle elle doit appartenir, la maison qu'elle habitera et les devoirs qu'elle aura à remplir, fera plus sur son esprit que tous mes discours. Ne seroit-ce point trop exiger de votre complaisance que de vous le demander? Toute sa crainte est de ne pas réussir : la pauvre enfant ne se connoît guère !

J'ai l'honneur d'être avec tous les sentimens que vous méritez, monsieur, votre très-humble et très-obéissante servante,

Signé MOREAU MADIN.

A Paris, ce 16 février 1760.

————————

Lettre de M. le marquis de Croismare à madame Madin.

Madame, j'ai reçu il y a deux jours

deux mots de lettre qui m'apprennent l'indisposition de mademoiselle ✶✶✶. Son malheureux sort me fait gémir, sa santé m'inquiète. Puis-je vous demander la consolation d'être instruit de son état, du parti qu'elle compte prendre, en un mot la réponse à la lettre que je lui ai écrite ? J'ose espérer le tout de votre complaisance et de l'intérêt que vous y prenez.

Votre très-humble et très-obéissant serviteur.

A Caen, ce 17 février, 1760.

Autre lettre de M. le marquis de Croismare à madame Madin.

J'étois, madame, dans l'impatience, et heureusement votre lettre a suspendu mon inquiétude sur l'état de mademoiselle ✶✶✶ que vous m'assurez hors de danger et à couvert des recherches. Je lui écris, et vous pouvez

I 3

encore la rassurer sur la continuation
de mes sentimens. Sa lettre m'avoit
frappé, et dans l'embarras où je l'ai
vue, j'ai cru ne pouvoir mieux faire
que de me l'attacher, en la mettant
auprès de ma fille qui malheureusement n'a plus de mère. Voilà, madame, la maison que je lui destine.
Je suis sûr de moi-même et de pouvoir lui adoucir ses peines sans manquer au secret, ce qui seroit peut-être
plus difficile en d'autres mains. Je ne
pourrai m'empêcher de gémir et sur
son état et sur ce que ma fortune ne
me permettra pas d'en agir comme je
le desirerois ; mais que faire, quand
on est soumis aux loix de la nécessité ?
Je demeure à deux lieues de la ville,
dans une campagne assez agréable,
où je vis fort retiré avec ma fille et
mon fils aîné, qui est un garçon plein
de sentiment et de religion, à qui cependant je laisserai ignorer ce qui peut
la regarder. Pour les domestiques, ce

sont toutes personnes attachées à moi depuis long-tems, de sorte que tout est dans un état fort tranquille et fort uni. J'ajouterai encore que ce parti que je lui propose ne sera que son pis aller; si elle trouvoit quelque chose de mieux, je n'entends point la contraindre par aucun engagement; mais qu'elle soit certaine qu'elle trouvera toujours en moi une ressource assurée. Ainsi qu'elle rétablisse sa santé sans inquiétude; je l'attendrai, et serai bien aise cependant d'avoir souvent de ses nouvelles.

J'ai l'honneur d'être, madame, votre très-humble et très-obéissant serviteur.

A Caen, ce 21 février 1760.

––––––––––

Lettre de M. le marquis de Croismare à sœur Suzanne. Sur l'enveloppe étoit une croix.

Personne n'est, mademoiselle, plus

sensible que je le suis à l'état où vous
vous trouvez. Je ne puis que m'intéresser de plus en plus à vous procurer quelque consolation dans le sort malheureux qui vous poursuit. Tranquillisez-
vous, reprenez vos forces, et comptez
toujours avec une entière confiance
sur mes sentimens. Rien ne doit plus
vous occuper que le soin de rétablir
votre santé et de demeurer ignorée.
S'il m'étoit possible de vous rendre
votre sort plus doux, je le ferois : mais
votre situation me contraint, et je ne
pourrai que gémir sur la dure nécessité. La personne à laquelle je vous
destine m'est des plus chères, et c'est
à moi principalement que vous aurez
à répondre. Ainsi, autant qu'il me
sera possible, j'aurai soin d'adoucir
les petites peines inséparables de l'état
que vous prenez. Vous me devrez
votre confiance, je me reposerai entièrement sur vos soins : cette assu-
rance doit vous tranquilliser et vous

prouver ma manière de penser et l'attachement sincère avec lequel je suis, mademoiselle, votre très-humble et très-obéissant serviteur.

A Caen, ce 21 février 1760.

J'écris à madame Madin qui pourra vous en dire davantage.

Lettre de madame Madin à M. le marquis de Croismare.

Monsieur, la guérison de notre chère malade est assurée : plus de fièvre, plus de mal de tête ; tout annonce la convalescence la plus prompte et la meilleure santé. Les lèvres sont encore un peu pâles, mais les yeux reprennent de l'éclat. La couleur commence à reparoître sur les joues, les chairs ont de la fraîcheur, et ne tarderont pas à reprendre leur fermeté,

tout va bien depuis qu'elle a l'esprit
tranquille. C'est à présent, monsieur,
qu'elle sent le prix de votre bienveillance, et rien n'est plus touchant
que la manière dont elle s'en expri-
me. Je voudrois bien pouvoir vous
peindre ce qui se passa entre elle et
moi, lorsque je lui portai vos dernières
lettres. Elles les prit, les mains lui
trembloient, elle respiroit avec peine
en les lisant, à chaque ligne elle s'ar-
rêtoit, et après avoir fini, elle me
dit, en se jettant à mon cou, et en
pleurant à chaudes larmes : *eh bien,
maman Madin, Dieu ne m'a donc
pas abandonnée, il veut donc enfin que
je sois heureuse! C'est Dieu qui m'a
inspirée de m'adresser à ce cher monsieur : quel autre au monde eût pris
pitié de moi? Remercions le ciel de
ses premières graces, afin qu'il nous
en accorde d'autres.* Et puis elle s'assit sur son lit, et elle se mit à prier
Dieu ; ensuite revenant sur quelques

endroits de vos lettres, elle dit : c'est
sa fille qu'il me confie ! Ah, maman !
elle lui ressemblera, elle sera douce,
bienfaisante et sensible comme lui.
Après s'être arrêtée, elle dit avec un
peu de souci : elle n'a plus sa mère !
Je regrette de n'avoir pas l'expérience
qu'il me faudroit. Je ne sais rien,
mais je ferai de mon mieux ; je me
rappellerai le soir et le matin ce que
je dois à son père : il faut que la reconnoissance supplée à bien des choses. Serois-je encore long-tems
malade ? Quand est-ce qu'on me permettra de manger ? Je ne me sens
plus de ma chûte, plus du tout. Je
vous fais ce petit détail, monsieur,
parce que j'espère qu'il vous plaira.
Il y avoit dans son discours et son
action tant d'innocence et de zèle que
j'en étois hors de moi. Je ne sais ce
que je n'aurois pas donné pour que
vous l'eussiez vue et entendue. Non,
monsieur, ou je ne me connois à rien,

où vous aurez une créature unique et
qui fera la bénédiction de votre maison. Ce que vous avez eu la bonté
de m'apprendre de vous, de mademoiselle votre fille, de monsieur votre fils, de votre situation, s'arrange
parfaitement avec ses vœux. Elle persiste dans les premières propositions
qu'elle vous a faites. Elle ne demande
que la nourriture et le vêtement, et
vous pouvez la prendre au mot, si
cela vous convient : quoique je ne sois
pas riche, le reste sera mon affaire.
J'aime cet enfant, je l'ai adoptée dans
mon cœur, et le peu que j'aurai fait
pour elle de mon vivant, lui sera continué après ma mort. Je ne vous dis-
simule pas que ces mots *d'être son pis*
aller, et de la laisser libre d'accepter
mieux, si l'occasion s'en présente, lui
ont fait de la peine ; je n'ai pas été
fâchée de lui trouver cette délicatesse.
Je ne négligerai pas de vous instruire
des progrès de sa convalescence ; mais
j'ai

j'ai un grand projet dans lequel je ne désespérerois pas de réussir pendant qu'elle se rétablira, si vous pouviez m'adresser à un de vos amis : vous en devez avoir beaucoup ici. Il me faudroit un homme sage, discret, adroit, pas trop considérable, qui approchât par lui ou par ses amis, de quelques grands que je lui nommerois, et qui eût accès à la cour, sans en être. De la manière dont la chose est arrangée dans mon esprit, il ne seroit point mis dans la confidence, il nous serviroit sans savoir en quoi : quand ma tentative seroit infructueuse, nous en tirerions au moins l'avantage de persuader qu'elle est en pays étranger. Si vous pouvez m'adresser à quelqu'un, je vous prie de me le nommer, et de me dire sa demeure, et ensuite de lui écrire que madame Madin, que vous connoissez depuis long-tems, doit venir lui demander un service, et que vous le priez de s'intéresser à elle, si la chose est faisable. Si vous n'avez personne, il faut s'en consoler; mais voyez, monsieur; au reste, je vous prie de compter sur l'intérêt que je prends à notre infortunée, et sur quelque prudence que je tiens de l'expérience. La joie que votre dernière lettre lui a causée, lui a donné un petit mouvement dans le pouls, mais ce ne sera rien.

J'ai l'honneur d'être avec les sentimens les plus respectueux, monsieur, votre très-humble et très-obéissante servante,

Signé MOREAU MADIN.

A Paris, ce 3 mars 1760.

(L'idée de madame Madin de se faire adresser à un des amis du généreux protecteur de sœur Suzanne, étoit une suggestion de Satan, au moyen de laquelle ses suppôts espéroient amener insensiblement leur ami de Norman-

die, à s'adresser à moi et à me mettre dans la confidence de toute cette
affaire ; ce qui réussit parfaitement ,
comme vous verrez par la suite de
cette correspondance.)

_____

*Lettre de sœur Suzanne , à M. le
marquis de Croismare.*

Monsieur, maman Madin m'a remis les deux réponses dont vous m'avez
honorée , et m'a fait part aussi de la
lettre que vous lui avez écrite. J'accepte , j'accepte. C'est cent fois mieux
que je ne mérite ; oui, cent fois, mille
fois mieux. J'ai si peu de monde, si
peu d'expérience , et je sens si bien
tout ce qu'il me faudroit pour répondre dignement à votre confiance; mais
j'espère tout de votre indulgence , de
mon zèle et de ma reconnoissance.
Ma place me fera, et maman Madin
dit que cela vaut mieux que si j'étois

K 2

faite à ma place. Mon Dieu que je suis pressée d'être guérie, d'aller me jetter aux pieds de mon bienfaiteur, et de le servir auprès de sa chère fille en tout ce qui dépendra de moi ! On me dit que ce ne sera guère avant un mois. Un mois ! c'est bien du tems. Mon cher monsieur, conservez-moi votre bienveillance. Je ne me sens pas de joie, mais ils ne veulent pas que j'écrive, ils m'empêchent de lire, ils me tiennent au lit, ils me noient de tisanne, ils me font mourir de faim, et tout cela pour mon bien. Dieu soit loué ! C'est pourtant bien malgré moi que je leur obéis.

Je suis avec un cœur reconnoissant, monsieur, votre très-humble et très-soumise servante.

Signé SUZANNE SAULIER.

A Paris, ce 3 mars 1760.

---

*Lettre de M. le marquis de Croismare
à madame Madin.*

Quelques incommodités que je res-
sens depuis quelques jours, m'ont em-
pêché, madame, de vous faire réponse
plutôt, pour vous marquer le plaisir
que j'ai d'apprendre la convalescence
de mademoiselle Saulier. J'ose espérer
que bientôt vous aurez la bonté de
m'instruire de son parfait rétablisse-
ment que je souhaite avec ardeur. Mais
je suis mortifiée de ne pouvoir contribuer à l'exécution du projet que vous
méditez en sa faveur, que sans le connoître, je ne puis trouver que très-
bon par la prudence dont vous êtes
capable et par l'intérêt que vous y
prenez. Je n'ai été que très-peu ré-
pandu à Paris, et parmi un petit nombre de personnes aussi peu répandues
que moi, et les connoissances telles

K 3

que vous les désireriez ne sont pas faciles à trouver. Continuez, je vous supplie, à me donner des nouvelles de mademoiselle Saulier, dont les les intérêts me seront toujours chers. — J'ai l'honneur d'être, madame, votre très-humble et très-obéissant serviteur.

Ce 13 mars 1760.

––––––––

Réponse de madame Madin à M. le marquis de Croismare.

Monsieur, j'ai fait une faute, peut-être, de ne pas m'expliquer sur le projet que j'avois; mais j'étois si pressée d'aller en avant! Voici donc ce qui m'avoit passé par la tête. D'abord il faut que vous sachiez que le cardinal de Fleury protégeoit la famille. Ils perdirent tous beaucoup à sa mort, sur-tout ma Suzanne qui lui avoit été

présentée dans sa première jeunesse.
Le vieux cardinal aimoit les jolis enfans ; les graces de celle - ci l'avoient
frappé , et il s'étoit chargé de son sort.
Mais quand il ne fut plus , on disposa
d'elle comme vous savez , et les protecteurs crurent s'acquitter envers la
cadette en mariant les aînées à deux
de leurs créatures. L'un de ces proté-
gés a un emploi considérable à Alby,
l'autre la recette des aides de Castres,
à trois lieues de Montpellier. Ce sont
des gens durs , mais leur état dépend
absolument de ceux qui les ont placés.
J'avois donc pensé que si l'on avoit eu
quelque accès auprès de madame la
marquise de Castries, qui est Fleury
de son nom , et qui s'est mise en quatre dans le procès de mon enfant , et
qu'on lui eût peint la triste situation
d'une jeune personne exposée à toutes
les suites de la misère dans un pays
étranger et lointain ; cette dame , qu'on
dit compatissante , eût agi auprès de

son mari ou de M. le duc de Fleury son frère, et nous eussions pu arracher par ce moyen une petite pension de ces deux beaux-frères qui ont emporté tout le bien de la maison, et qui ne songent guère à nous secourir. En vérité, monsieur, cela vaut bien la peine que nous revenions tous les deux là-dessus, voyez. Avec cette petite pension, ce que je viens de lui assurer, et ce qu'elle tiendroit de vos bontés, elle seroit bien pour le présent, et point mal pour l'avenir, et je la verrai partir avec moins de regret. Mais je ne connois ni M. le marquis de Castries, ni madame son épouse, ni personne qui les approche, et ce fut l'enfant qui me suggéra de m'adresser à vous. Au reste, je ne saurois vous dire que sa convalescence aille comme je le desirerois. Elle s'étoit blessée au-dessus des reins, comme je crois vous l'avoir dit : la douleur de cette chûte qui s'étoit dissipée, s'est

fait ressentir ; c'est un point qui revient et qui passe. Il est accompagné
d'un léger frisson en dedans, mais au
pouls il n'y a pas la moindre fièvre ;
le médecin hoche de la tête et n'a pas
un air qui me plaise. Elle ira dimanche prochain à la messe ; elle le veut,
et je viens de lui envoyer une grande
capote qui l'enveloppera jusqu'au bout
du nez, et sous laquelle elle pourra,
je crois, passer une demi-heure sans
péril dans une petite église borgne du
quartier. Elle soupire après le moment
de son départ, et je suis sûre qu'elle
ne demandera rien à Dieu avec plus
de ferveur que d'achever sa guérison,
et de lui conserver les bontés de son
bienfaiteur. Si elle se trouvoit en état
de partir entre Pâques et Quasimodo,
je ne manquerai pas de vous en pré-
venir. Au reste, monsieur, son absence ne m'empêcheroit pas d'agir,
si je découvrois parmi mes connoissances quelqu'un qui pût quelque chose

auprès de madame de Castries ou de monsieur son mari.

Je suis avec une reconnoissance sans bornes pour elle et pour moi, monsieur, votre très-humble et très-obéissante servante;

Signé MOREAU MADIN.

A Versailles, ce 25 mars 1760.

P. S. Je lui ai défendu de vous écrire, de crainte de vous importuner; il n'y a que cette considération qui puisse la retenir.

Lettre de M. le marquis de Croismare à madame Madin.

Madame, votre projet pour mademoiselle Saulier me paroît très-louable et me plaît d'autant plus que je souhaiterois ardemment la voir dans son infortune assurée d'un état un peu passable. Je ne désespère pas de trouver

quelque ami qui puisse agir auprès de
madame de Castries ; mais cela demande du tems et des précautions ,
tant pour éviter d'éventer le secret,
que pour m'assurer la discrétion des
personnes auxquelles je pense que je
pourrois m'adresser. Je ne perdrai
point cela de vue : en attendant , si
mademoiselle Saulier persiste dans les
mêmes sentimens, et si sa santé est
assez rétablie, rien ne doit l'empêcher
de partir ; elle me trouvera toujours
dans les mêmes dispositions que je lui
ai marquées , et dans le même zèle à
lui adoucir, s'il se peut , l'amertume
de son sort. La situation de mes affaires et les malheurs du tems m'obli-
gent de me tenir fort retiré à la campagne avec mes enfans pour ménager
un peu ; ainsi nous y vivons avec simplicité. C'est pourquoi mademoiselle
Saulier pourra se dispenser de faire de
la dépense en habillemens ni si propres ni si chers ; le commun peut suf-

fire en ce pays. C'est dans cette campagne et dans cet état uni et simple, qu'elle me trouvera, et où je souhaite qu'elle puisse goûter quelque douceur et quelque agrément, malgré les précautions gênantes que je serai obligé d'observer à son égard. Vous aurez la bonté, madame, de m'instruire de son départ, et de peur qu'elle n'eût égaré l'adresse que je lui avois envoyée, c'est chez M. Gassion, vis-à-vis la place royale, à Caen. Cependant si je suis instruit à tems du jour de son arrivée, elle trouvera quelqu'un pour la conduire ici sans s'arrêter.

J'ai l'honneur d'être, madame, votre très-humble et très-obéissant serviteur.

Ce 31 mars 1760.

Lettre

Lettre de madame Madin à M. le marquis de Croismare.

Si elle persiste dans ses sentimens, monsieur ! En pouvez-vous douter ? Qu'a-t-elle de mieux à faire que d'aller passer des jours heureux et tranquilles auprès d'un homme de bien et dans une famille honnête ? N'est-elle pas trop heureuse que vous vous soyez ressouvenu d'elle, et où donneroit-elle de la tête, si l'asyle que vous avez eu la générosité de lui offrir, venoit à lui manquer ? C'est elle-même, monsieur, qui parle ainsi, et je ne fais que vous répéter ses discours. Elle voulut encore aller à la messe le jour de Pâques; c'étoit bien contre mon avis, et cela lui réussit fort mal. Elle en revint avec de la fièvre, et depuis ce malheureux jour elle ne s'est pas bien portée. Monsieur, je ne vous l'enverrai point

qu'elle ne soit en parfaite santé. Elle
sent à présent de la chaleur au-dessus
des reins, à l'endroit où elle s'est blessée dans sa chûte ; je viens d'y regarder, et je n'y vois rien du tout.
Mais son médecin me dit avant-hier,
comme nous descendions ensemble,
qu'il craignoit qu'il n'y eût un commencement de pulsation, qu'il falloit
attendre ce que cela deviendroit. Cependant elle ne manque point d'ap-
pétit, elle dort, l'embonpoint se sou-
tient. Je lui trouve seulement, par
intervalles, un peu plus de couleur
aux joues et plus de vivacité dans les
yeux qu'elle n'en a naturellement. Et
puis ce sont des impatiences qui me
désespèrent. Elle se lève, elle essaie
de marcher ; mais pour peu qu'elle
penche du côté malade, c'est un cri
aigu à percer le cœur. Malgré cela
j'espère, et j'ai profité du tems pour
arranger son petit trousseau.

C'est une robe de callemande d'Angleterre, qu'elle pourra porter simple jusqu'à la fin des chaleurs, et qu'elle doublera pour son hiver, avec une autre de coton bleu qu'elle porte actuellement.

Quinze chemises garnies de maris, les unes en batiste, les autres en mousseline. Vers la mi-juin je lui enverrai de quoi en faire six autres, d'une pièce de toilé qu'on me blanchit à Senlis.

Plusieurs jupons blancs, dont deux de moi, de basin, garnis en mousseline.

Deux justes pareils que j'avois fait faire pour la plus jeune de mes filles, et qui se sont trouvés lui aller à merveille. Cela lui fera des habillemens de toilette pour l'été.

Quelques corsets, tabliers et mouchoirs de col.

Deux douzaines de mouchoirs de poche.

Plusieurs cornettes de nuit.

Six dormeuses de jour festonnées, avec huit paires de manchettes à un rang, et trois à deux rangs.

Six paires de bas de coton fins.

C'est tout ce que j'ai pu faire de mieux. Je lui portai cela le lendemain des fêtes, et je ne saurois vous dire avec quelle sensibilité elle le reçut. Elle regardoit une chose, en essayoit une autre, me prenoit les mains et me les baisoit. Mais elle ne put jamais retenir ses larmes quand elle vit les justes de ma fille. Eh! lui dis-je, de quoi pleurez-vous ? Est-ce que vous ne l'avez pas toujours été ? *Il est vrai,* me répondit-elle ; puis elle ajouta: *à présent que j'espère être heureuse, il me semble que j'aurois de la peine à mourir. Maman, est-ce que cette chaleur de côté ne se dissipera point ? Si l'on y mettoit quelque chose ?* Je suis charmée, monsieur, que vous ne désapprouviez pas mon projet, et que

vous voyiez jour à le faire réussir.
J'abandonne tout à votre prudence,
mais je crois devoir vous avertir que
M. le marquis de Castries fera la campagne, et qu'on part ; que madame de
Castries ira dans ses terres, et que
dans sept ou huit mois d'ici nous se-
rons bien oubliés. Tout passe si vîte
d'intérêt dans ce pays-ci : on ne parle
déjà plus guère de nous, bientôt on
n'en parlera plus du tout. Ne craignez
pas qu'elle égare l'adresse que vous
lui avez envoyée. Elle n'ouvre pas une
fois ses Heures pour prier , sans la
regarder ; elle oublieroit plutôt son
nom de Saulier que celui de M. Gassion. Je lui demandai si elle ne vouloit
pas vous écrire , elle me répondit
qu'elle vous avoit commencé une longue lettre qui contiendroit tout ce
qu'elle ne pourroit guère se dispenser
de vous dire , si Dieu lui faisoit la
grace de guérir et de vous voir; mais
qu'elle avoit le pressentiment qu'elle

L 3

ne vous verroit jamais. *Cela dure trop,
maman*, ajouta-t-elle, *je ne profiterai
ni de vos bontés, ni des siennes : ou
monsieur le marquis changera de sentimens , ou je n'en reviendrai pas.*
Quelle folie , lui dis-je ! Savez – vous
bien que si vous vous entretenez dans
ces idées tristes, ce que vous craignez
vous arrivera ? Elle dit : *que la volonté
de Dieu soit faite.* Je la priai de me montrer ce qu'elle vous avoit écrit ; j'en fus
effrayée, c'est un volume. Voilà, lui
dis-je en colère, ce qui vous tue. Elle
me répondit : *Que voulez-vous que je
fasse ? ou je m'afflige, ou je m'ennuie.*
Et quand avez-vous pu griffonner tout
cela ? *Un peu dans un tems , un peu
dans un autre. Que je vive ou que je
meure , je veux qu'on sache tout ce
que j'ai souffert....* Je lui ai défendu
de continuer. Son médecin en a fait
autant. Je vous prie , monsieur , de
joindre votre autorité à mes prières ,
elle vous regarde comme son cher

maître, et il est sûr qu'elle vous obéira.
Cependant, comme je conçois que les
heures sont bien longues pour elle, et
qu'il faut qu'elle s'occupe, ne fût-ce
que pour l'empêcher d'écrire davantage, de rêver et de se chagriner, je
lui ai fait porter un tambour, et je lui ai
proposé de commencer une veste pour
vous. Cela lui a plu extrêmement, et
elle s'est mise tout de suite à l'ouvrage.
Dieu veuille qu'elle n'ait pas le tems
de l'achever ici ! Un mot, s'il vous
plaît, qui défende d'écrire et de trop
travailler. J'avois résolu de retourner
ce soir à Versailles, mais j'ai de l'inquiétude; ce commencement de pulsation me chiffonne, et je veux être
demain auprès d'elle, lorsque son médecin reviendra. J'ai malheureusement
quelquefoi aux pressentimens des ma-
lades; ils se sentent. Quand je perdis
M. Madin, tous les médecins m'assu-
roient qu'il en reviendroit; il disoit,
lui, qu'il n'en reviendroit pas, et le

pauvre homme ne disoit que trop vrai.
Je resterai, et j'aurai l'honneur de
vous écrire : s'il falloit que je la per-
disse, je crois que je ne m'en conso-
lerois jamais. Vous seriez trop heureux, vous, monsieur, de ne l'avoir
point vue. C'est à présent que les mi-
sérables qui l'ont déterminée à s'en-
fuir sentent la perte qu'ils ont faite,
mais il est trop tard.

J'ai l'honneur d'être avec des sentimens de respect et de reconnoissance
pour elle et pour moi, monsieur, votre
très – humble et très - obéissante servante,

Signé, MOREAU MADIN.

A Paris, ce 13 avril 1760.

---

*Réponse de M. le marquis de Crois-
mare à madame Madin.*

Je partage, madame, avec une vraie
sensibilité, votre inquiétude sur la

maladie de mademoiselle Saulier. Son
état infortuné m'avoit toujours infiniment touché ; mais le détail que vous
avez eu la bonté de me faire de ses
qualités et de ses sentimens, me pré-
viennent tellement en sa faveur, qu'il
me seroit impossible de n'y pas prendre le plus vif intérêt : ainsi, loin que
je puisse changer de sentimens à son
égard, chargez-vous, je vous prie, de
lui répéter ceux que je vous ai mar-
qués par mes lettres, et qui ne souf-
friront aucune altération. J'ai cru qu'il
étoit prudent de ne lui point écrire,
afin de lui ôter toute occasion de s'occuper à faire une réponse. Il n'est pas
douteux que tout genre d'occupation
lui est préjudiciable dans son état d'in-
firmité ; et si j'avois quelque pouvoir
sur elle, je m'en servirois pour le lui
interdire. Je ne puis mieux m'adresser
qu'à vous-même, madame, pour lui
faire connoître ce que je pense à cet
égard. Ce n'est pas que je ne fusse

charmé de recevoir de ses nouvelles
par elle - même ; mais je ne pourrois
approuver en elle une action de pure
bienséance, qui pût contribuer au re-
tardement de sa guérison. L'intérêt
que vous y prenez, madame, me dis-
pense de vous prier encore une fois de
la modérer sur ce point. Soyez toujours persuadée de ma sincère affec-
tion pour elle, et de l'estime particulière et de la considération véritable
avec laquelle j'ai l'honneur d'être,
madame, votre très-humble et très-
obéissant serviteur.

Ce 25 avril 1760.

P. S. J'écris dans le moment à un
de mes amis à qui vous pourrez vous
adresser pour madame de Castries. Il
se nomme monsieur Grimm, secré-
taire des commandemens de M. le
duc d'Orléans, et demeure rue Neuve-
du-Luxembourg, près la rue Saint-
Honoré, à Paris. Je lui donne avis

que vous prendrez la peine de passer chez lui, et lui marque que je vous ai d'extrêmes obligations, et que je ne desire rien tant que de vous en marquer toute ma reconnoissance. Il ne dine pas ordinairement chez lui.

———

Lettre de madame Madin à M. le marquis de Croismare.

Monsieur, combien j'ai souffert depuis que je n'ai pas eu l'honneur de vous écrire! Je n'ai jamais pu prendre sur moi de vous faire part de ma peine, et j'espère que vous me saurez gré de n'avoir pas mis votre ame sensible à une épreuve aussi cruelle. Vous savez combien elle m'étoit chère. Imaginez-vous, monsieur, que je l'aurai vue près de quinze jours de suite pencher vers sa fin au milieu des douleurs les plus aigues. Enfin, Dieu a pris, je crois, pitié d'elle et de moi.

La pauvre malheureuse est encore, mais ce ne peut être pour long-tems. Ses forces sont épuisées, elle ne parle presque plus, ses yeux ont peine à s'ouvrir. Il ne lui reste que sa patience, qui ne l'a point abandonnée. Si celle-là n'est pas sauvée, que deviendrons-nous. L'espoir que j'avois de sa guérison a disparu tout d'un coup. Il s'étoit formé un abcès au côté, qui faisoit un progrès sourd depuis sa chûte. Elle n'a pas voulu souffrir qu'on l'ouvrît à tems, et quand elle a pu s'y résoudre, il étoit trop tard. Elle sent arriver son dernier moment, elle m'éloigne, et je vous avoue que je ne suis pas en état de soutenir ce spectacle. Elle fut administrée hier entre dix et onze heures du soir. Ce fut elle qui le demanda. Après cette triste cérémonie, je restai seule à côté de son lit. Elle m'entendit soupirer, elle chercha ma main, je la lui donnai, elle la prit, la porta

contre

contre ses lèvres, et m'attirant vers elle, elle me dit si bas que j'avois peine à l'entendre : *maman, encore une grace.* Laquelle mon enfant ? *Me bénir et vous en aller.* Elle ajouta : *Monsieur le marquis... ne manquez pas de le remercier.* Ces paroles auront été ses dernières. J'ai donné des ordres, et je me suis retirée chez une amie, où j'attends de moment en moment. Il est une heure après minuit. Peut-être avons-nous à présent une amie au ciel.

Je suis avec respect, monsieur, votre très-humble et très-obéissante servante,

Signé MOREAU MADIN.

———————

La lettre précédente est du 7 mai ; mais elle n'est point datée.

Lettre de madame Madin à monsieur le marquis de Croismare.

La chère enfant n'est plus ; ses

peines sont finies, et les nôtres ont
peut-être encore long-tems à durer.
Elle a passé de ce monde dans celui
où nous sommes tous attendus, mercredi dernier, entre trois et quatre
heures du matin. Comme sa vie avoit
été innocente, ses derniers instans ont
été tranquilles, malgré tout ce qu'on
a fait pour les troubler. Permettez que
je vous remercie du tendre intérêt que
vous avez pris à son sort; c'est le seul
devoir qui me reste à lui rendre. Voilà
toutes les lettres dont vous nous avez
honorées. J'avois gardé les unes, et
j'ai trouvé les autres parmi des papiers
qu'elle m'a remis quelques jours avant
sa mort; ils contiennent, à ce qu'elle
m'a dit, l'histoire de sa vie chez ses
parens, dans les trois maisons religieuses où elle a demeuré, et ce qui
s'est passé depuis sa sortie. Il n'y a
pas d'apparence que je les lise sitôt;
je ne saurois rien voir de ce qui lui
appartenoit, rien même de ce que

mon amitié lui avoit destiné , sans ressentir une douleur profonde.

Si je suis jamais assez heureuse , monsieur , pour vous être utile , je serai très-flattée de votre souvenir. Je suis avec les sentimens de respect et de reconnoissance qu'on doit aux hommes miséricordieux et bienfaisans , monsieur , votre très-humble et très-obéissante servante ,

Signé , MOREAU MADIN.

Ce 10 mai 1760.

———————

Lettre de M. le marquis de Croismare à madame Madin.

Je sais , madame , ce qu'il en coûte à un cœur sensible et bienfaisant de perdre l'objet de son attachement, et l'heureuse occasion de lui dispenser des faveurs si dignement acquises, et par l'infortune et par les aimables

M 2

qualités, telles qu'ont été celles de la chère demoiselle qui cause aujourd'hui vos regrets. Je les partage, madame, avec la plus tendre sensibilité. Vous l'avez connue, et c'est ce qui vous rend sa séparation plus difficile à supporter. Sans avoir eu ce bonheur, ses malheurs m'avoient vivement touché, et je goûtois par avance le plaisir de pouvoir contribuer à la tranquillité de ses jours. Si le ciel en a ordonné autrement, et a voulu me priver de cette satisfaction tant desirée, je dois l'en bénir, mais je ne peux y être insensible. Vous avez du moins la consolation d'en avoir agi à son égard avec les sentimens les plus nobles et la conduite la plus généreuse. Je les ai admirés, et mon ambition eût été de vous imiter. Il ne me reste plus que le desir ardent d'avoir l'honneur de vous connoître et de vous exprimer de vive voix, combien j'ai été enchanté de votre grandeur d'ame, et avec quelle considération respectueuse, j'ai l'honneur d'être, madame, votre très-humble et très-obéissant serviteur.

Ce 18 mai 1760.

Tout ce qui a rapport à la mémoire de notre infortunée m'est devenu extrêmement cher ; ne seroit − ce point exiger de vous un trop grand sacrifice, que celui de me communiquer les petits mémoires qu'elle a faits de ses différens malheurs ? Je vous demande cette grace, madame, avec d'autant plus de confiance que vous m'aviez annoncé que je pouvois y avoir quelque droit. Je serai fidèle à vous les renvoyer, ainsi que toutes vos lettres, par la première occasion, si vous le jugez à propos. Vous aurez la bonté de me les envoyer par le carrosse de voiture de Caen, qui loge au Grand-Cerf, rue Saint-Denis, à Paris, et part tous les lundis.

M 3

Ainsi finit l'histoire de l'infortunée sœur Suzanne de la Marre, dite Saulier. Il est bien triste que les mémoires de sa vie n'aient pas été mis au net; ils auroient formé une lecture très-intéressante. Après tout, M. le marquis de Croismare doit savoir gré à la perfidie de ses amis, de lui avoir fourni une occasion de secourir l'infortune avec une noblesse, un intérêt, une simplicité vraiment dignes de lui : le rôle qu'il joue dans cette correspondance n'est pas le moins touchant du roman.

On nous blâmera peut-être d'avoir hâté la fin de sœur Suzanne avec bien peu d'humanité; mais ce parti étoit devenu nécessaire à cause des avis que nous reçûmes du château de Lasson, qu'on y meubloit un appartement pour recevoir mademoiselle de Croismare, que son père vouloit faire sortir du couvent où elle avoit été depuis la mort de sa mère. Ces avis ajoutoient qu'on attendoit de Paris une femme-de-chambre, qui devoit en même tems jouer le rôle de gouvernante auprès de la jeune personne, et que

461 Vagen

M. de Croismare s'occupoit à pourvoir d'ailleurs, la bonne qui avoit été jusqu'alors auprès de sa fille. Ces avis ne nous laissèrent pas
le choix sur le parti qui nous restoit à prendre, et ni la jeunesse, ni la beauté, ni l'innocence de sœur Suzanne, ni son ame douce,
sensible et tendre, capable de toucher les
cœur les moins enclins à la compassion, ne
purent la sauver d'une mort inévitable. Mais
comme nous avions tous pris les sentimens
de madame Madin, pour cette intéressante
créature, les regrets que nous causa sa mort
ne furent guère moins vifs que ceux de son
respectable protecteur.

FIN DU TROISIEME ET DERNIER VOLUME.

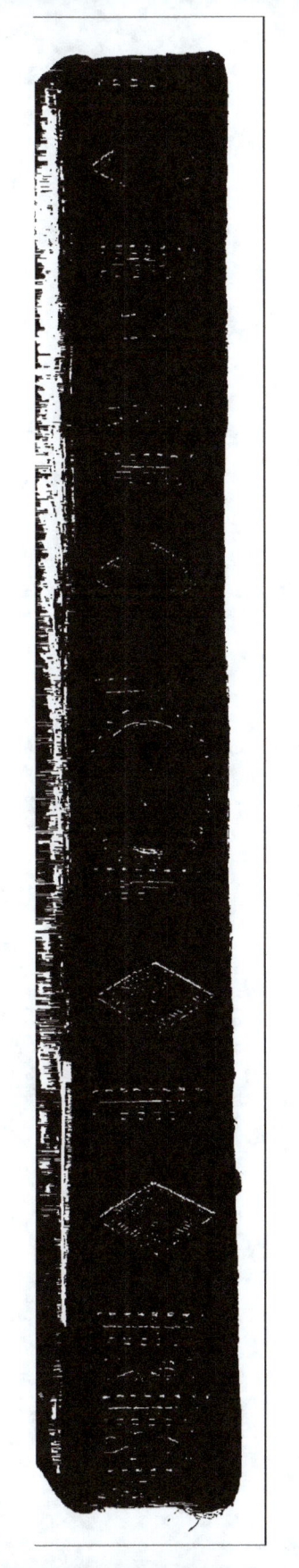